John Matthews

Henry Hunter

und die verfluchten Piraten

Aus dem Englischen von Nadine Mannchen
Mit Illustrationen von Nick Tankard

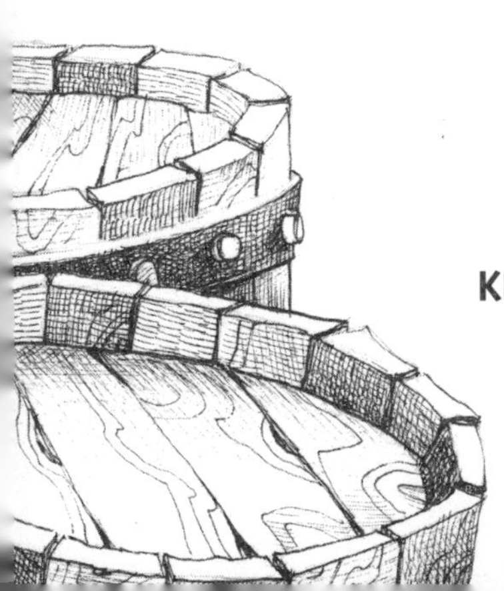

KNESEBECK

Titel der Originalausgabe: *Henry Hunter and the Cursed Pirates*
Erschienen 2015 bei Templar Publishing, Großbritannien

Deutsche Erstausgabe

Ein Unternehmen der La Martinière Groupe

Übersetzung: Nadine Mannchen, Helmbrechts
Umschlagadaptation: Leonore Höfer, Knesebeck Verlag
Satz: satz & repro Grieb, München
Druck: CPI Moravia Books, Pohorelice

ISBN: 978-3-86873-763-9

www.knesebeck-verlag.de

Für meinen alten Schiffskameraden Ian Jackson,
der regelmäßig die sieben Weltmeere besegelt.
Na ja, beinahe jedenfalls.

J. M., Oxford 2014

Ein Hinweis an all unsere treuen Leser

Für den unwahrscheinlichen Fall, dass ihr den ersten Band der Henry-Hunter-Fälle (*Henry Hunter jagt den Urvampir*) noch nicht gelesen habt, sollte ich wohl besser erklären, dass mein Kumpel HH ein völlig normaler Junge ist, der nur zufällig super intelligent ist. Henrys Eltern sind Steven und Hortensie Hunter, die eine völlig neue Art von interaktivem Computerchip erfunden haben und dadurch so reich geworden sind, dass sie beschlossen, ihre Millionen für einen guten Zweck einzusetzen. Also sind sie aufgebrochen, um eine seltene Orchidee zu finden, die angeblich die Hälfte aller bekannten Krankheiten auf der ganzen Welt heilen kann. Bevor sie sich auf die Suche machten, haben Mr und Mrs Hunter Henrys beide Onkel, die Millionäre sind, zu seinen offiziellen Vormunden erklärt, damit ihr Sohn gut versorgt ist. Sie selbst kommen nämlich nicht besonders häufig nach Hause. Außerdem haben sie Henry auf eine Schule geschickt, die St. Grimbolds heißt, wo er mehrere Zimmer bewohnt und nur höchst selten den Unterricht besucht, weil er sogar schlauer ist als die Lehrer! Weil seine Familie so unfassbar reich ist, kann er seiner Lieblingsbeschäftigung nachgehen und seltsame, komische Sachen aufspüren und erforschen. Ich habe HH an der St. Grimbolds kennengelernt, wo wir Freunde geworden sind. Seitdem haben wir gemeinsam schon jede Menge Abenteuer erlebt, die uns an die atemberaubendsten Orte der Welt geführt haben. Über einige kann ich noch immer nicht reden, entweder weil sie zu schrecklich sind oder weil sie noch geheim bleiben müssen. Aber den heutigen Henry-Hunter-Fall kann ich mit euch teilen – ja, *muss* ich sogar, weil ich nämlich eure Hilfe brauche …

Rudolphus Pringle

Ein Hilferuf

»Hör dir das an, Dolf!«, sagte Henry Hunter.

Widerwillig riss ich mich von *Todesengel 4: Die Horde* los, in dem ich die vergangene Stunde über mit voller Konzentration geschmökert hatte. An der *St. Grimbolds Schule für Außergewöhnliche Jungen* war heute Sporttag, und da weder Henry noch ich uns für dreibeinige Wettläufe oder Zehnmeterrennen begeistern konnten, versteckten wir uns in Henrys Zimmern.

Überrascht stellte ich fest, dass HH mir kein Buchzitat vorlesen wollte. Stattdessen hielt er ein äußerst dünnes Blatt Papier in die Höhe, auf dem einige Zeilen in einer krakeligen Handschrift prangten. Das war mal wieder typisch Henry – wer sonst kannte noch Leute, die Briefe schreiben, anstelle von E-Mails! Neugierig schenkte ich ihm meine volle Aufmerksamkeit.

Nachdem er sicher sein konnte, dass ich auch wirklich an seinen Lippen hing, las er vor.

Lieber Henry,

ich schreibe dir, weil du der Einzige bist, der mir vielleicht helfen kann. Meine beiden Eltern sind verschwunden und mein Cousin Jack meint, dass ich sie bestimmt nie im Leben wiedersehe!

Aber ich glaube fest daran, dass sie irgendwo da draußen auf dem Ozean sind. Ich bin nämlich davon überzeugt, dass ihr Verschwinden etwas mit dem zu tun hat, was ich gesehen habe, als ich mit ihnen auf der Spinnaker unterwegs war. Ich schwöre, dort draußen auf dem Meer ist uns ein Geisterschiff begegnet!

Wenn du meinst, dass du mir helfen kannst, komm doch bitte am Freitag zu uns – die Adresse ist noch immer dieselbe.

Charlie

»Hört sich ziemlich verrückt an, wenn du mich fragst«, meinte ich. »Wer ist dieser Charlie überhaupt? Und was ist ein *Spinnacker*?«

»Charlie Stevens ist ein alter Freund«, erklärte Henry. »Seine Eltern und meine Eltern waren schon befreundet, bevor wir geboren wurden. Und *die Spinnaker* scheint mir ein Schiff zu sein, angesichts Charlies Wortwahl. Seine Eltern haben ständig davon geredet, dass sie eines Tages lossegeln wollen, um vergrabene Schätze zu bergen und all so was.«

»Vergrabene Schätze!?«

»Nun ja, Timothy – das ist Charlies Dad – hält sich für einen Piratenexperten. Er hat mir einmal erzählt, er wüsste, wo Käpt'n Morgan seine Beute versteckt hat.«

»Wer?«, wollte ich wissen.

»Käpt'n Morgan war einer der größten Kaperer aller Zeiten«, antwortete Henry. »Er fing als Freibeuter an und wurde schließlich Gouverneur von Jamaika. Doch am Ende hat er seinen ganzen Reichtum entweder verloren oder versteckt und verbrachte den Rest seines Lebens damit, den Leuten für Bier Seemannsgarn aufzutischen.«

Verdattert hob ich die Augenbrauen. Käpt'n Morgan hörte sich nach einem komischen Kauz an. »Was ist denn ein Kaperer?«

»Eine Art zugelassener Pirat. Früher haben Könige und Königinnen an skrupellose Schiffskapitäne Kaperbriefe – das ist so eine Art Lizenz – verteilt, damit sie in See stechen und feindliche Schiffe plündern konnten. Wenn sie zurückkamen, haben sie alle erdenklichen Reichtümer mitgebracht, um die königlichen Schatzkammern zu füllen.«

Wie üblich verlor sich Henry mal wieder in Details und ich hatte keine Ahnung, worauf er eigentlich hinauswollte. »Okay, und was hat das mit deinem Freund Charlie zu tun?«

»Exzellente Frage, Dolf!« Henry strahlte übers ganze Gesicht. »Genau das werde ich herausfinden.«

Lange mussten wir nicht warten. Noch am selben Nachmittag fuhr ein Wagen vor, um uns in die Wildnis der englischen Provinz zu kutschieren. Dank seiner zwei milliardenschweren Onkel konnte Henry

jederzeit und im Handumdrehen eine Limousine – oder sogar einen Privatjet – organisieren.

Wir fuhren von St. Grims, das in Sussex liegt, bis ins tiefste Oxfordshire zu einem kleinen Städtchen mit dem Namen Thame. Dort verließen wir die Hauptstraße, um einem schmalen gewundenen Weg zu folgen, der vor einem riesigen Flügeltor aus Eisen endete. An einem der Torpfosten war eine kleine Kamera angebracht, die herumschwang, um uns in Augenschein zu nehmen – woraufhin sich die Tore wenig später auch prompt leise öffneten. Eine von hübschen Bäumen gesäumte Allee brachte uns an ein gewaltiges, zerbröckelndes Haus mit langen, schmalen Fenstern. Rechts von der massiven Eingangstür aus Holz stand die mächtige, aus Stein gehauene Statue eines Raben, während sich auf der anderen Seite ein noch merkwürdigeres und sogar noch größeres Wesen befand, das Henry mir als Greifen – halb Adler, halb Löwe – vorstellte. Um ehrlich zu sein, fand ich beide Statuen gruselig, aber Henry war ganz begeistert und erzählte mir, dass sie von einem berühmten Bildhauer stammten. Ich

CHOCO
NUTS

überlegte kurz, ob sie mir deswegen besser gefielen … Nö.

Als wir uns dem Eingang näherten, stürmten zwei große Irische Wolfshunde auf uns zu. Durch meine Tante, die mal einen Pudel hatte, kenne ich mich ein wenig mit Hunden aus, aber diese zwei Monster waren eine Sache für sich. Sobald das Auto anhielt, drückten sie ihre Schnauzen gegen das Fenster und bellten lautstark. Erschrocken zuckte ich zusammen – nun wäre ich doch lieber bei einem Dreibeinrennen in St. Grims gewesen, anstatt mich von einer dieser Bestien zerfleischen zu lassen.

Sie waren locker einen Meter hoch und sahen ganz schön gefährlich aus! Doch als Henry gelassen die Tür öffnete, wurden sie mit einem Mal extrem freundlich und schlabberten ihn von oben bis unten ab.

Nachdem auch ich mich zaghaft aus dem Auto geschoben hatte, bekam ich ihre sabbernde Liebenswürdigkeit am eigenen Leib zu spüren (da kam mir

sogar das Bad angenehmer vor, das ich einmal in einer verrosteten Schubkarre hatte nehmen müssen – aber das ist eine andere Geschichte …).

»Können Sie auf uns warten?«, wandte Henry sich an unseren Fahrer. »Wenn Sie um das Haupthaus herumfahren, bewirtet Sie das Dienstpersonal sicherlich mit einer Tasse Tee.« (Ja, ich weiß genau, was ihr jetzt denkt – *Dienstpersonal*! Ich habe euch ja gesagt, dass Henry ziemlich reiche Leute kennt.)

Nachdem der Chauffeur uns zugenickt hatte, näherten wir uns der großen Haustür, wo Henry läutete – die Klingel war von der altmodischen Sorte, bei der man an einem rostigen Griff zog, woraufhin in den Tiefen des Hauses eine Glocke ertönte.

Danach dauerte es mehrere Minuten, bevor die Tür geöffnet wurde und uns ein hochgewachsener Mann mit buschigen Augenbrauen und einem großen Schnurrbart gegenüberstand und uns finster musterte.

»Was habt ihr hier zu suchen?«, wollte er wissen.

Henry schenkte ihm sein freundlichstes Lächeln. »Ich bin Henry Hunter, Mr Bligh. Das hier ist mein Freund, Rudolphus Pringle. Wir sind hier, um Charlie zu besuchen.«

»Was? Ach ja, Hunter …«, sagte der Mann stirnrunzelnd.

»Es tut uns sehr leid, zu hören, was Mr und Mrs Stevens zugestoßen ist«, fuhr Henry fort.

Daraufhin hellte sich die Miene des Manns etwas auf. »Ja. Schlimme Sache. Charles ist noch immer sehr mitgenommen. Ich weiß nicht, ob er überhaupt jemanden sehen möchte.«

»Oh, wir können ihn bestimmt aufheitern«, erwiderte Henry. »Immer noch besser, als Trübsal zu blasen, finden Sie nicht auch?«

»Nun, dann solltet ihr wohl hereinkommen«, lenkte der Mann ein. »Ich vermute, er ist oben in seinem Zimmer.«

Henry nickte und ich folgte ihm ins Haus. Drinnen war das Gebäude noch beeindruckender als von außen. Die Eingangshalle war gewaltig – an sämtlichen Wänden hingen alte Gemälde von Männern und Frauen, die aussahen, als hätte man sie zu lange zum Stillstehen gezwungen. (Auf einem der Bilder waren sogar zwei große Hunde dargestellt, die verdächtig nach den Wolfshunden aussahen, die wir eben getroffen hatten.) Eine lange, geschwungene Treppe führte nach oben auf eine Galerie, von der mehrere Türen abgingen.

Auf diese Treppe hielt Henry nun geradewegs zu, marschierten strammen Schritts in den ersten Stock und klopfte an eine der Türen.

Unerwartet flog diese auf und ein großer, schlaksiger Junge mit roten Locken und unfassbar vielen

Sommersprossen packte Henry am Arm, um ihn schwungvoll in sein Zimmer zu zerren. Als ich den beiden hinterhereilte, beäugte er mich misstrauisch.

»Darf ich vorstellen, dies hier ist Dolf«, stellte Henry mich vor. »Du kannst ihm vertrauen.«

»Du hast Jack auch nichts gesagt?«, fragte Charlie besorgt, woraufhin ich schlussfolgerte, dass der Mann mit der sauertöpfischen Miene an der Haustür Charlies Cousin sein musste.

»Kein Wort«, versicherte Henry.

Charlies Zimmer war geräumig und luftig und hatte ein großes Fenster. Ich musste kein Genie wie HH sein, um zu erraten, wofür Charlie sich interessierte: Jede nur denkbare freie Fläche, einschließlich des Fußbodens, war von Modellschiffen bedeckt. Einige waren eher klein und dazu gedacht, sie auf Teichen schwimmen zu lassen, doch andere waren ausladend und elegant, als würden sie eigentlich in

ein Museum gehören. Die meisten stellten historische Schiffe dar – Galeonen, wie Henry mir später erklärte –, hatten Segel, Taue und überall irgendwelche Masten. An der Wand jedoch hing das Foto eines äußerst modernen weißen und windschnittigen Boots, das geradewegs aus einem James-Bond-Film hätte stammen können. Auf der Seite war in großen schwarzen Buchstaben *Spinnaker* aufgemalt und auf dem Deck standen drei Menschen. Einer davon war dank dem wirren roten Haar leicht als Charlie zu erkennen, die beiden Erwachsenen neben ihm mussten wohl seine Eltern sein. Auf dem Bild wirkten die drei glücklich und sorgenfrei.

Das musste diese *Spinnaker* sein, von der aus Charlie das Geisterschiff gesehen haben wollte.

Auch Henry begutachtete das Foto eine Weile, bevor er sich an seinen Freund wandte. »Na schön, dann erzähl uns doch einfach, was genau passiert ist.«

Charlie setzte sich auf sein Bett und starrte uns niedergeschlagen an. »Ich weiß gar nicht, wo ich anfangen soll«, sagte er langsam.

»Nun, meiner Meinung nach fängt man am besten am Anfang an«, meinte Henry grinsend, zog sich einen klapprigen Stuhl heran und ließ sich darauf plumpsen, während ich mich auf den Holzboden hockte und in meiner Jackentasche eine ziemlich zerquetschte, aber trotzdem völlig genießbare Tafel Schokolade fand.

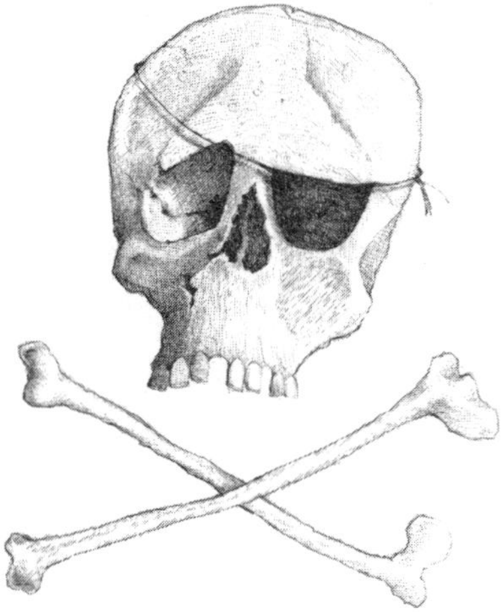

Gemeinsam lauschten wir Charlie Stevens merkwürdiger und Angst einflößender Geschichte.

Das Geisterschiff

»Es sollte eine traumhafte Kreuzfahrt werden«, begann Charlie. »Meine Eltern wollten schon immer in die Karibik – vor allem mein Dad. Weißt du noch, wie sehr er in alles versessen war, was mit Piraten zu tun hatte, Henry? Ich glaube, er hat sämtliche Filme von *Fluch der Karibik* über hundertmal gesehen. Jedenfalls hat uns dieser Typ, der eine eigene Jacht besitzt, dazu eingeladen, ihn auf einer Rundreise quer durch die Karibik zu begleiten, und Dad ist ausgeflippt vor Freude. Hat sofort angefangen, alles zu planen.«

»Wer war der Bursche mit dem Boot?«, warf Henry ein.

»Nathan Trueblood«, gab Charlie Auskunft. »Mein Vater hat ihn durch seine Arbeit kennengelernt und sich ratzfatz mit ihm angefreundet. Nathan hat ihn oft bei uns zu Hause besucht und sie haben stundenlang die Köpfe zusammengesteckt, haben sich Seekarten angeschaut und über Piraten aus dem siebzehnten Jahrhundert geredet. Um ehrlich zu sein, habe ich ihn nie besonders gemocht. Er war der Typ, der einem die Haare verwuschelt und einen *kleiner Kumpel* nennt.«

»Und wann seid ihr zu der Kreuzfahrt aufgebrochen?«, fragte Henry.

»Letzten Juni. Wir sind nach Amerika geflogen, nach Florida, wo Nathans Jacht in Key West vor Anker lag. Von dort aus sind wir gemeinsam in Richtung Bahamas gefahren.«

Ich fragte mich, wann er endlich zum Punkt kommen würde, entschied mich aber, den Mund zu halten und mir statt zu meckern ein weiteres Stück Schokolade zu genehmigen.

»Als wir dort ankamen, war alles super. Das Boot war klasse – absoluter Luxus! Das Wetter war perfekt – von morgens bis abends jeden Tag Sonne und der Himmel und das Meer schienen immer noch blauer zu werden. Mein Dad wollte an möglichst vielen Piraten-Schauplätzen haltmachen, wie zum Beispiel Port Royal und Nassau. Port Royal war eine ziemliche Enttäuschung – es hat da ein Erdbeben gegeben, das war …«

»1692«, kam Henry ihm zuvor (was mich nicht im Geringsten überraschte). »Es zerstörte den ganzen Ort, sodass er Piraten seitdem keine sichere Zuflucht mehr bot. Die meisten von ihnen zogen weiter nach Tortuga, ein Stück die amerikanische Küste hinab.«

»Ganz genau«, sagte Charlie schnell, dem anscheinend genauso wie mir daran gelegen war, HH von einer seiner berüchtigten Lektionen abzuhalten. »Jedenfalls hat sich Dad mit einem Typen, den er im Hafen traf, ein bisschen in die Haare gekriegt. Ich glaube,

sie kannten unterschiedliche Versionen einer der alten Legenden dort und konnten sich nicht einigen, welche stimmt«, fuhr er vage fort.

»Irgendeine Idee, um welche Legende es sich handelte?«, wollte Henry wissen.

Charlie schüttelte den Kopf. »Es ging um einen Schatz, glaube ich, aber ich weiß nicht mehr, um welchen.«

»Egal«, sagte Henry. »Erzähl weiter.«

»Na ja, am 5. Juli verließen wir Port Royal, um nach Nassau auf die Bahamas zu fahren. Nach einem Tag auf See, als es langsam dunkel wurde, setzten wir den Anker und meine Eltern gingen an Deck, *um frische Nachtluft zu schnuppern*, wie meine Mum sagte. Ich war solange bei Käpt'n Trueblood – Nathan hat darauf bestanden, dass wir ihn so nennen, während wir an Bord waren – auf der Brücke und stellte ihm ein paar Fragen zu den Motoren. Dabei linste ich zum Fenster hinaus. Über dem Wasser schwebte dicker Nebel, aber ich bin sicher, dass ich es gesehen habe!«

»Was?«, fragten Henry und ich wie aus einem Mund.

»Das Schiff.«

»Was für ein Schiff?«, ertönte es wieder im Chor.

»Das Geisterschiff.«

»Geisterschiff?«, wiederholte Henry mit leuchtenden Augen. »Das, das du in deinem Brief erwähnt hast?«

Charlie nickte. »Ich habe Käpt'n Trueblood gesagt, dass ich etwas gesehen hätte – ohne ihm genau zu verraten, was, weil ich nicht wollte, dass er mich für verrückt hält. Aber als er nach draußen spähte, meinte er, er könne rein gar nichts erkennen. Also bin ich mit einem Fernglas an Deck gegangen.«

Charlie blickte uns nervös an und rutschte unruhig hin und her. Schweigend kaute er eine Weile auf seiner Lippe herum, bevor er in seiner Geschichte fortfuhr.

»Okay, das klingt jetzt völlig übergeschnappt, aber … Na ja, als ich durch das Fernglas schaute, konnte ich nichts mehr sehen. Nur den Nebel über dem Wasser – aber sobald ich *ohne* aufs Meer guckte, war da eindeutig ein Schiff.«

»Wie sah es aus?«, wollte Henry wissen und lehnte sich aufmerksam nach vorn.

»Es hatte Masten, Segel und so weiter – wie eins der wirklich alten Schiffe aus einem Piratenfilm. Es hatte sogar eine Totenkopfflagge gehisst! Erst hielt ich es für eins von diesen kitschigen Nachbauten, in denen sie Touristen durch die Gegend schippern. Ihr wisst schon: *Segeln Sie als Pirat über die Sieben Weltmeere!* – dieser Schwachsinn. Aber dann fiel mir der grünliche Schimmer auf, der das Boot einhüllte, außerdem war es voller Löcher, als hätte es eine Menge Kanonenkugeln abbekommen, aber ohne zu sinken.«

Charlie starrte uns mit großen runden Augen an. »Und dann bemerkte ich, dass es genau auf uns zuhielt ... und für ein normales Segelschiff bewegte es sich viel zu schnell ...«

»Lass mich an dieser Stelle kurz unterbrechen«, meldete sich Henry zu Wort. »Um bis hier hin das Wichtigste zusammenzufassen: Du sagst, durch das Fernglas war kein Schiff zu sehen, als du jedoch mit

bloßem Auge Ausschau gehalten hast, hast du es entdeckt, es glühte und hatte eine Vielzahl von Löchern?«

Charlie nickte. Die Hände auf seinem Schoß zitterten. Ich erinnere mich, dass ich damals dachte, noch nie jemanden gesehen zu haben, der so große Angst hatte. Ich verputzte das letzte Stück Schokolade, während Henry fragte: »Okay. Und was geschah dann?«

»Das ist das Schlimmste an allem«, fuhr Charlie fort. »Ich weiß es nicht!«

»Wie meinst du das?«

»Na ja, ich weiß nur noch, dass das Schiff immer größer wurde, und je näher es kam, desto merkwürdiger und bedrohlicher sah es aus. Ich wollte Käpt'n Trueblood und meinen Eltern eine Warnung zurufen, aber ich konnte nicht sprechen. Ich hatte den Eindruck, … Menschen zu sehen … komische, gespenstische Menschen … an Deck. Dann griff dieses … *Ding* … wie ein Fangarm aus Nebel nach mir.

Er schien direkt aus dem Geisterschiff zu kommen ... Ich wollte zur Seite springen, aber meine Beine waren wie gelähmt, sodass ich mich nicht bewegen konnte. Als der Fangarm sich um mich ringelte, fühlte es sich widerlich kalt und klamm an, sodass mir ganz schlecht wurde. Dann muss ich ohnmächtig geworden sein.«

Charlie blickte uns jämmerlich an. Weder Henry noch ich brachten ein Wort über die Lippen. Alles, woran ich denken konnte, waren Bilder von dem Geisterschiff mit seiner unheimlichen Mannschaft und seinen Nebeltentakeln. Henry starrte ins Leere. Vermutlich dachte er über alles nach, so gründlich, wie nur Henry es kann.

Schließlich wandte er sich direkt an Charlie. »Was passierte, als du wieder aufgewacht bist?«

Charlie klappte ein paarmal den Mund auf und zu und holte tief Luft, bevor er weitererzählte.

»Ich fühlte mich noch immer ein bisschen komisch ... irgendwie schwummrig, trotzdem bin ich

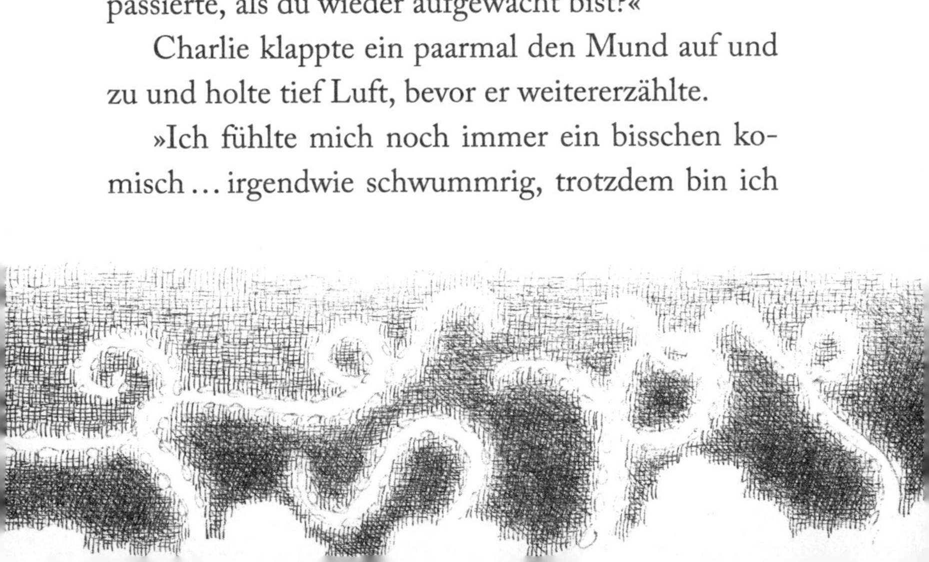

zurück in die Kabine gestolpert. Käpt'n Trueblood war über dem Steuerrad zusammengebrochen und bewusstlos. Nachdem ich sicher war, dass er noch atmete, bin ich meine Eltern suchen gegangen …«
Charlie schluckte. »Aber sie waren fort. Ich habe jeden Zentimeter der Jacht abgegrast, doch von ihnen

fehlte jede Spur. Es war, als wären sie nie da gewesen.«

In Charlies Augen standen Tränen und er putzte sich mit einem Taschentuch die Nase. Henry schwieg, während er geduldig abwartete und an einem losen Knopf an seinem Hemd herumspielte. In diesem Augenblick wünschte ich mir, irgendwo noch eine zweite Tafel Schokolade versteckt zu haben.

Charlie blinzelte ein paarmal und redete dann endlich weiter. »Ich habe es geschafft, Käpt'n Trueblood zu wecken, und er hat dann den Rest der Crew aufgescheucht. Gemeinsam haben wir die *Spinnaker* von oben bis unten durchforstet. Nirgends war ein Hinweis auf meine Eltern. Nicht der geringste Anhaltspunkt.«

Charlie sprang auf und tigerte aufgeregt im Zimmer auf und ab. Henry schwieg immer noch, aber ich konnte deutlich sehen, dass es in ihm arbeitete.

»Das war vor fast einem halben Jahr«, sagte Charlie schließlich. »Seitdem hat keiner etwas von ihnen gehört oder gesehen. Mein Cousin Jack ist bei uns eingezogen und hat sich um alles gekümmert. Er meint, er ist jetzt mein gesetzlicher Vormund und ich soll mich damit abfinden, meine Eltern nie wieder zu sehen. Alle glauben, dass sie von einer spontanen Riesenwelle erwischt und über Bord gespült wurden … dass sie tot sind. Keiner glaubt mir, wenn ich von dem Geisterschiff erzähle. Keiner! *Aber ich glaube den anderen nicht!*«

Ich zuckte zusammen, als Charlie so plötzlich losbrüllte – selbst Henry verzog das Gesicht.

»Ich *weiß*, dass ich dieses komische Schiff gesehen habe«, beharrte Charlie, »und ich bin mir hundertprozentig sicher, dass es etwas mit dem Verschwinden meiner Eltern zu tun hat.«

Auf einmal hielt er inne, und mir wurde klar, dass er meine gerunzelte Stirn bemerkt hatte – mir war wohl überdeutlich ins Gesicht geschrieben, dass ich die ganze Geschichte nur schwer schlucken konnte.

Charlie stierte mich wütend an und zog seinen Ärmel herunter, um mir seine linke Schulter zu präsentieren. »Wenn du mir nicht glaubst, was bitte ist dann das hier?«, fuhr er mich an.

Auf der nackten Haut prangte eine große rote Quaddel – die Sorte von geschwollenem Abdruck, der zurückbleibt, wenn man in die Fänge eines Oktopus geraten ist. (Das habe ich mal im Fernsehen gesehen.)

Obwohl Henry die Schwiele gar nicht näher betrachtete, klopfte er Charlie aufmunternd auf die Schulter. »Ich glaube, du liegst mit deiner Vermutung richtig, alter Knabe.«

Charlies Miene hellte sich schlagartig auf. »Du glaubst mir? Ich wusste gleich, wenn es irgendjemanden gibt, der mir glaubt, dann dich, Henry. Dann hilfst du mir also?«

Ich hatte längst begriffen, dass wir kurz davor standen, in unser nächstes Abenteuer aufzubrechen. Auf den ersten Blick ergab Charlies Geschichte absolut null Sinn, es sei denn natürlich, man glaubte an Geister, was ich für meinen Teil nicht tat – zumindest noch nicht. Und was war mit dem seltsamen Tentakel-Vieh, von dem er faselte? Gab es auf dem Geisterschiff (angenommen, es existierte überhaupt) irgendein Monster? Ich war vollauf damit beschäftigt, mir auszumalen, wie schlimm, wie gefährlich das alles werden könnte, und das gefiel mir gar nicht. Aber gleichzeitig konnte ich nicht ignorieren, wie verzweifelt Charlie war. Und Henry hatte bereits diesen entschlossenen Gesichtsausdruck, den er immer aufsetzt, wenn er drauf und dran war, einem neuen Geheimnis hinterherzujagen – das diesmal vermutlich Piraten bereithalten würde, ob gespenstisch oder nicht. Und sehr wahrscheinlich auch einen Schatz.

Henry stand auf und marschierte zu dem Foto der *Spinnaker*.

»Wo ist die Jacht jetzt?«, fragte er.

»Ich glaube, Mr Trueblood wollte sie im Hafen von Nassau lassen.«

»Dann müssen wir dorthin und sie unter die Lupe nehmen«, beschloss Henry.

Charlie sprang mit leuchtenden Augen vom Bett. »Kann ich mitkommen?«

»Nun, ich schätze, du musst Jack um Erlaubnis bitten«, stellte Henry fest, woraufhin sich Charlies Miene verdüsterte.

»Der wird nie Ja sagen. Er meint, dass ich ›an einer übertrieben lebhaften Fantasie leide‹ ... dass ich alles nur erfunden habe, um mit dem Verlust fertig zu werden. Aber das stimmt nicht, ich schwöre!«

»Wir glauben dir, nicht wahr, Dolf?«, sagte Henry.

Ich nickte, auch wenn ich insgeheim ganz und gar nicht überzeugt war. Aber es war klar, wie dringend Charlie Stevens die Bestätigung brauchte, dass wir ihm seine Geschichte abnahmen. Sechs Monate sind eine lange Zeit, um nicht die Hoffnung zu verlieren. Ohne Freunde an seiner Seite muss es fast unmöglich gewesen sein.

Mit einer lässigen Geste schob sich Henry die Haare aus der Stirn. »Wir finden deine Eltern, Charlie«, sagte er, ohne jeden Zweifel in der Stimme.

Charlie brachte ein kleines Lächeln zustande. »Danke. Ihr seid wirklich meine letzte Hoffnung.«

»Dann wollen wir uns mal mit deinem Cousin Jack unterhalten«, schlug Henry vor, während er mir zuzwinkerte. »Du bleibst hier, Charlie. Bin gespannt, ob ich ihn nicht dazu überreden kann, dich mit uns kommen zu lassen.«

Gruselgeschichten vom Meer

Cousin Jack stellte klar, dass er Charlie nirgendwo hingehen lassen würde – erst recht nicht mit uns, und erst recht nicht in die Karibik. Als Henry ihm verriet, dass er nach Mr und Mrs Stevens suchen wollte, dachte ich, Jack würde in die Luft gehen.

»So etwas Lächerliches habe ich ja im ganzen Leben noch nicht gehört!«, schimpfte er. »Nur weil deine Onkel dir mehr durchgehen lassen, als gut für dich ist, Hunter, heißt das noch lange nicht, dass ich das bei Charles genauso handhaben werde! Erstens wirst du nichts finden, weil es nichts zu finden

gibt. Zweitens will ich nicht, dass der alte Kohl wieder aufgewärmt wird – Charles hat schon genug mitgemacht, und ich habe ihm deutlich gemacht, dass er sich mit der Tatsache abfinden muss, dass seine Eltern nicht wiederkommen. Das Letzte, was er jetzt braucht, ist, sich in der Karibik herumzutreiben, um irgendein eingebildetes Schiff zu suchen!«

Henry war viel zu clever, um einen Streit anzufangen, also lächelte er einfach nur sein breites Lächeln und schüttelte Mr Blighs Hand. »Sicherlich haben Sie recht, Sir«, sagte er höflich.

Inzwischen weiß ich, wenn Henry Hunter dieses Lächeln aufsetzt und einen Erwachsenen »Sir« nennt, heißt das, dass er schon lange plant, genau das zu tun, was er vorhat, egal, was dieser Erwachsene davon hält. Nur kannte Charlies Cousin Jack ihn eben nicht so gut wie ich, daher schnaubte und prustete Mr Bligh nur ein wenig und murmelte Sachen wie: »Das will ich auch meinen.« Dann schien er plötzlich weich zu werden.

»Hört mal her, Jungs«, sagte er, diesmal ohne zu brüllen. »Ich will ja nur das, was für Charles am besten ist. Solange er hier bei mir ist, weiß ich, dass er in Sicherheit ist. Über so eine schlimme Sache hinwegzukommen, braucht nun einmal seine Zeit, und ich will nicht, dass man ihm falsche Hoffnungen macht.«

»Das verstehen wir, nicht wahr, Dolf?«, versicherte Henry bitterernst. »Falls Sie nichts dagegen haben, Sir, würde ich mich nur gerne noch von Charlie verabschieden. Dann verschwinden wir und lassen Sie in Ruhe.«

Damit schlüpfte er ins Haus und ließ mich mit dem Cousin eine Weile allein, die ich damit verbrachte, verlegen auf Mr Blighs Schuhe zu starren.

Nachdem HH endlich zurückgekommen war, begleitete uns Cousin Jack zum Auto. Während wir einstiegen, legte er Henry eine Hand auf die Schulter. »Ich will nur Charlies Bestes«, wiederholte er. »Falls ihr wieder einmal zu Besuch kommen möchtet, würde ihm das sicher guttun.«

Während wir vom Grundstück rollten, drehte ich mich noch einmal um und sah Charlie verlassen an einem der Fenster stehen. Er hob ein Stück weit die Hand, wie um uns zum Abschied zu winken, stoppte aber auf halbem Weg und ließ sie schlaff wieder hängen.

»Äh … was hast du Charlie denn erzählt?«, wollte ich wissen.

»Dass wir herausfinden werden, was seinen Eltern zugestoßen ist«, antwortete Henry mit todernster Miene, bevor er sich grinsend zu mir umdrehte. »Pack die Koffer für wärmere Gefilde, Dolf. Wir brechen auf in die Karibik! Und auf dem Weg dorthin finden wir am besten eine Menge über Piraten heraus …«

Der Flug vom Londoner Flughafen Heathrow zu den Bahamas dauerte ewig, und die ganze Zeit über sorgte Henry dafür, dass *ich* eine Menge über Piraten herausfand. Und das, obwohl ich während Henrys »knappen Infos« die größte Mühe hatte, in meinem gemütlichen Sitz wach zu bleiben, nachdem ich die mehr als bestens ausgestattete Bordküche des Hunter-Jets (Schokoladeneclairs und Zitronentörtchen, wenn ich mich recht erinnere) geplündert hatte.

»Piraten waren keine fröhlichen Seebären, wie die meisten Leute glauben«, sagte Henry, während er mit einem Buch wedelte, in dem es viele farbige Bilder

von salzgegerbten Seemännern mit einem spitzbübischen Funkeln in den Augen, einer ansehnlichen Anzahl von Holzbeinen und Papageien gab. »Sie waren der Abschaum der Menschheit – vergingen sich an den Schwachen und stahlen alles, was nicht niet- und nagelfest war, um reich zu werden und sich jeden Tag mit Rum zu besaufen …«

»Klingt nach einer lustigen Truppe«, fiel ich ihm spöttisch ins Wort.

»Nun, nicht alles an ihnen war schlimm. Und es ist denkbar, dass nicht jeder ein grausamer Schurke war. An Bord der Schiffe galten zum Beispiel bestimmte Gesetze – jedes Schiff war wie ein eigenes Land mit eigenen Regeln, nach denen die Beute geteilt wurde, nach denen im Kampf verwundete Männer eine Sonderzahlung bekamen und so weiter.« Henry beugte sich vor und zeigte mit dem Finger auf mich. »Wusstest du, Dolf, dass sie unterschiedliche Vergütungen bekamen, je nachdem, ob sie ein Auge, einen Finger, ein Bein oder einen Arm verloren?«

Ich schüttelte den Kopf, während ich überlegte, ob der eine oder andere sich damals selbst verstümmelt hatte, um ein paar Kröten extra zu verdienen.

»Glaub mir, es gab unzählige Gelegenheiten, sich zu verletzen«, belehrte mich Henry weiter, als hätte er meine Gedanken gelesen. »Abgesehen davon, dass man die grauenhaften Zustände an Bord überleben musste – kein frisches Essen, keine Möglichkeit, sich zu waschen, und was die Toiletten anging …« Er schauderte. »Es war gar nicht so abwegig, von einer herumfliegenden Kanonenkugel getroffen oder von Splittern durchbohrt zu werden, wenn die Schiffsflanke unter Beschuss geriet. Daran konnte man sterben, und es war kein schöner Tod.«

»In der Kurzzusammenfassung waren Piraten also miefende, ungewaschene Killer, die sich auf ein kurzes Leben einstellen konnten«, sagte ich.

»Ihre Lebenserwartung betrug im Durchschnitt bis zu sechs Monaten, manchmal weit weniger. Man kann wohl davon ausgehen, dass die meisten in Davy Jones Kiste endeten.«

»Wer? Was für ’ne Kiste?« Über meinem Kopf schwebten unsichtbare Fragezeichen.

»Davy Jones. Keiner weiß mit absoluter Sicherheit, wer er wirklich war. Einige behaupten, er war ein Seemann, der ertrank und dann zu einer Art Meeresdämon wurde. Aber wie die Wahrheit auch aussehen mag, Piraten benutzten den Ausdruck ›in Davy Jones Kiste landen‹, wenn jemand auf hoher See starb und ein nasses Grab fand.«

»Aha. Und wann genau haben diese Piraten die Meere unsicher gemacht?«

Diese stellte sich als die dümmste Frage heraus, die ich in diesem Moment stellen konnte. Sie löste bei Henry nämlich einen neuen Redeschwall über »das Goldene Zeitalter der Piraterie« aus, wie er es nannte, das von der Mitte des siebzehnten Jahrhunderts bis in die Mitte des achtzehnten Jahrhunderts dauerte. Er informierte mich außerdem darüber, dass man danach alle Hebel in Bewegung gesetzt hatte, um die Piraten auszurotten, sodass es immer weniger von ihnen gab, bis sie am Ende tatsächlich fast ausgestorben waren.

An dieser Stelle konnte ich meine Augen schon nicht mehr offen halten.

»Andererseits«, sagte Henry, während ich merkte, wie ich langsam wegdöste, »gibt es natürlich auch heute noch Piraten. Du hast bestimmt in den Nachrichten davon gehört – etwa von Jachten reicher Leute, die gekapert werden, um für die Besitzer Lösegeld zu fordern.«

Das machte mich wieder wach, zumindest ein bisschen.

»Glaubst du, das ist es, was mit Charlies Eltern passiert ist?«

»Es scheint mir die nächstliegende Antwort. Allerdings bin ich noch unsicher, wie es zu dem passt, was Charlie beobachtet hat.«

»Du meinst das Geisterschiff?«

»Ja«, bestätigte Henry. »Über Geisterpiraten gibt es viele Geschichten … einige davon könnten durchaus den Tatsachen entsprechen …«

»Geister! Glaubst du jetzt im Ernst an Geister?«

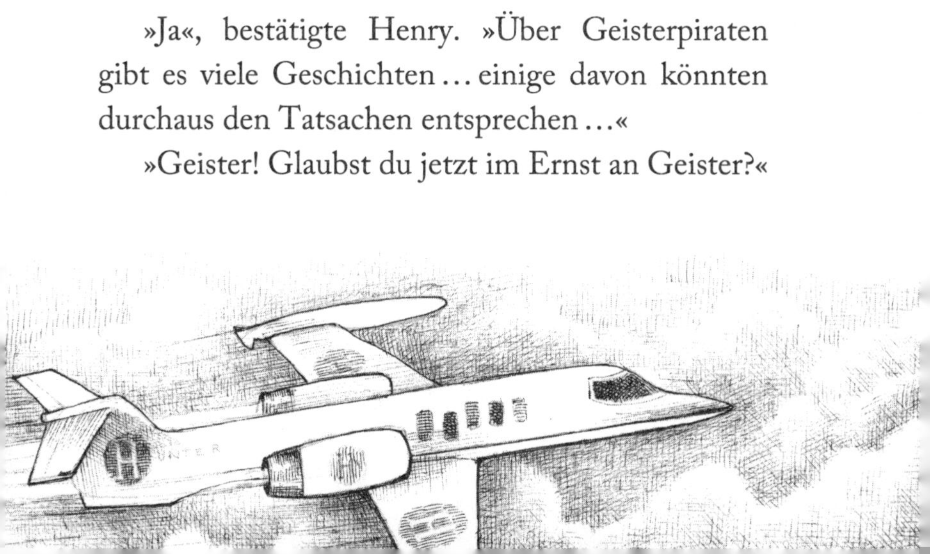

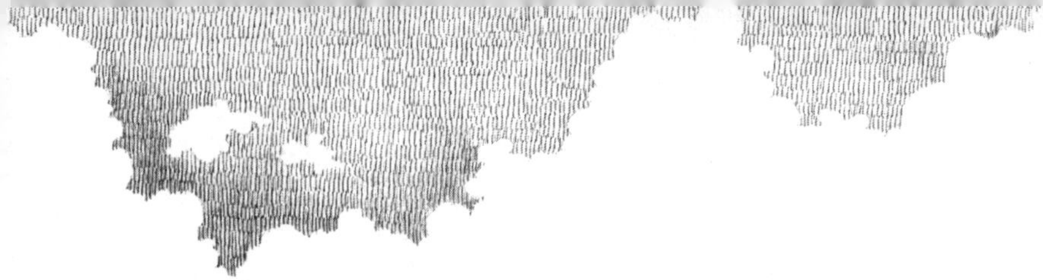

»Nun, es ist nicht so, dass ich tatsächlich an sie glaube«, meinte Henry. »Aber nur weil ich noch keinen gesehen habe, kann ich auch nicht das Gegenteil behaupten. Immerhin wussten wir auch nicht, dass Vampire existieren, oder? Bis wir Bella Dracul kennenlernten.«

Da hatte er recht – wie gewohnt.

Als Nächstes zog Henry ein großes, in Leder gebundenes Buch aus dem Stapel, den er mitgeschleppt hatte. Der Titel darauf war ziemlich lang und lautete *Geisterpiraten und Gespenster entlang der Barbareskenküste*, oder so ähnlich.

»Es gibt wirklich eine Unmenge von Geschichten«, sagte Henry. »Über Geister verstorbener Piraten, die an Land kommen, um die Schätze zu suchen, die sie zu ihren Lebzeiten vergraben haben, oder über Geisterpiraten, die ihre Beute gegen die Lebenden verteidigen. Eine Legende handelt von einer ganzen Truppe, der Gespenstermannschaft von Käpt'n Kidd, einem der berüchtigtsten Piraten überhaupt. Man erzählt sich, dass er einen Großteil seiner Beute vergraben hat, bevor er dem Gesetz in die Hände fiel –

seit jeher suchen Leute danach. Deswegen kommen angeblich hin und wieder die Geister seiner Crew an Land, um Möchtegern-Schatzjäger zu verscheuchen.«

Ich ließ mir das alles eine Minute – vielleicht auch zwei – durch den Kopf gehen. »Willst du damit sagen, was Charlie gesehen hat, war echt und seine Eltern wurden tatsächlich von Gespenstern entführt?«

»Ich sage nur, dass es nicht auszuschließen ist«, antwortete Henry gut gelaunt. »Zumindest wäre diese Erklärung wesentlich unterhaltsamer als moderne Piraten.«

Ich bezweifelte, dass ich irgendeine dieser Möglichkeiten unterhaltsam fand. Niedergeschlagen fragte ich: »Und wo fangen wir an, nach ihnen zu suchen? Die Karibik ist ja nicht gerade mickrig.«

Henry blickte nachdenklich drein. »Um ehrlich zu sein, Dolf, bin ich nicht sicher. Ich schätze, wir beginnen bei diesem Käpt'n Nathan Trueblood und der *Spinnaker* und lassen alles Weitere auf uns zukommen.«

An Bord der *Spinnaker*

Wir landeten auf dem Grantley-Adams-Flughafen der Insel Barbados, wo wir im Terminal auf den Chauffeur stießen, den Henry uns organisiert hatte – ein großer Rastafari namens George Peacock, der auf dem Kopf superlange Dreadlocks und im Gesicht ein Dauergrinsen trug. Er kutschierte uns zu einem noblen Hotel in Bridgetown mit riesiger Glasfront. Dort verließ uns George, damit wir in Ruhe unsere Koffer auspacken konnten. HH und ich hatten miteinander verbun-

dene Zimmer, und nachdem ich eine halbe Stunde damit verbracht hatte, die Gratis-Schokokekse zu verputzen, die Fernsehkanäle durchzuzappen und die Ballerspiele der Onlinekonsole auszuprobieren, klopfte ich an Henrys Tür.

Ganz und gar nicht überrascht stellte ich fest, dass er noch nicht einmal ausgepackt hatte, sondern umgeben von Büchern und Seekarten mitten im Zimmer hockte.

»Da bist du ja, Dolf«, sagte er gedankenverloren. »Die hier hat uns George besorgt. Ich habe mich in

die Geschichte der Gegend vertieft und herausgefunden, welchen Kurs die *Spinnaker* an dem Tag, als Charlies Eltern verschwanden, genommen hat.«

Er zeigte auf eine große Karte, die auf dem Teppich ausgebreitet lag und mit lauter Linien bekritzelt war – dem Kurs der *Spinnaker*, wie ich vermutete.

»Hier«, er nickte in Richtung eines großen roten Kreises, »befand sich die Jacht, als Charlies Eltern verloren gegangen sind.« Die Stelle lag nicht weit

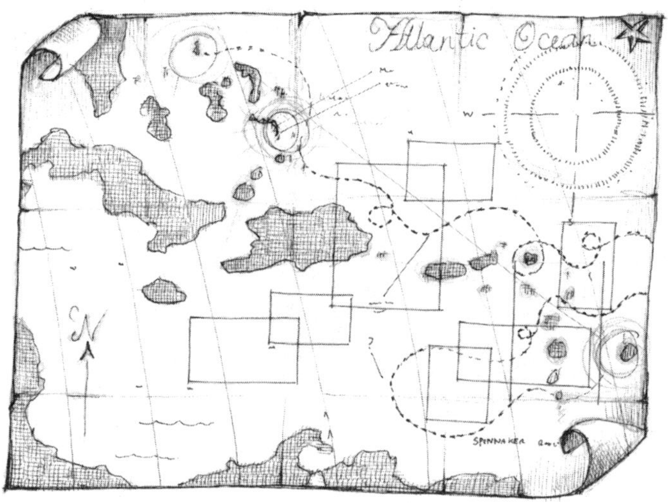

von den verstreuten kleinen Inseln, die das Meer rings um Barbados bevölkerten.

»Ich habe George gebeten, den Hafenmeister anzurufen und ein paar Nachforschungen anzustellen, während du damit beschäftigt warst, Sachen in die Luft zu sprengen.« (So ist das mit Henry – nichts kann man vor ihm geheim halten.) »Er hat herausgefunden, dass die *Spinnaker* noch immer hier im Hafen vor Anker liegt. Wusstest du, dass Spinnaker der Name für ein bestimmtes Segel ist, durch das Rennboote schneller und wendiger werden?« (Wusste ich nicht.) »Jedenfalls hat George in meinem Auftrag ein paar Hebel in Bewegung gesetzt, und jetzt haben wir die Erlaubnis, an Bord zu gehen und uns umzusehen. Wir können in einer halben Stunde dort sein.«

Mir war klar, dass »ein paar Hebel in Bewegung setzen« wahrscheinlich bedeutete, dass man ein paarmal den mächtigen Namen Hunter hatte fallen lassen, und einmal mehr staunte ich darüber, was für einen Einfluss Henrys Familie hatte. Doch nachdem einer seiner Onkel der zweitgrößte Elektronikhersteller der Welt ist und der andere Onkel regelmäßig wegen irgendwas von Präsidenten und Premierministern um Rat gebeten wird, ist es wohl nicht weiter verwunderlich. Komisch finde ich dagegen, dass sie scheinbar nie mitbekommen, was Henry so alles anstellt, oder dass es ihnen egal ist. Vielleicht sind sie einfach zu sehr mit anderem beschäftigt. Oder sie interessieren sich nicht dafür, was ihr Neffe so treibt. Was das angeht, habe ich genauso viel Ahnung wie ihr …

Kurze Zeit später fuhr George uns durch die lärmigen und kunterbunten Straßen von Bridgetown. Überall wuselten Leute herum, die sich brüllend miteinander unterhielten, und immer wieder plärrten Autohupen, wenn die Fahrer Bekannte entdeckten. Die Luft, die durchs Fenster hereinströmte, war herrlich warm, und ich wünschte mir, ich hätte noch schnell meine kurze Hose angezogen.

Als wir den Hafen erreichten, bedankten wir uns bei George und betraten den Kai, auf dem ein lebhaftes Gedränge herrschte. Ich hörte so viele verschiedene Sprachen, dass ich schon bald völlig wirr im Kopf war (in keinem der Fächer, die unsere Lehrer an der St. Grims wichtig finden, bin ich besonders

gut, und Sprachen sind schon mal gar nicht meine Stärke – nur ein Grund mehr, weshalb ich Henry so gerne auf seine Abenteuer begleite und mich damit vor dem Unterricht drücke). Henry allerdings lauschte dem Chaos wie immer mit voller Konzentration und drehte sich langsam um sich selbst, während er alles in sich aufnahm.

Von Nahem wirkte die *Spinnaker* sogar noch toller als auf Charlies Foto. Ich weiß ja nicht, ob ihr jemals an Bord einer Luxusjacht wart, aber eins kann ich euch sagen: Die Dinger sind der absolute Wahnsinn! Henry erzählte mir, dass die *Spinnaker* über sechsunddreißig Meter lang war, außerdem warcn überall kleine Halogenstrahler versteckt, sodass alles glänzte wie frisch geschrubbt und auf Hochglanz poliert (was vermutlich auch der Fall war). Im Innern gab es zwei riesige Räume, die wie Hotellobbys aussahen, mit großen Lehnsesseln und Sofas, obendrein gab es ein extra Fernsehzimmer und einen Billardraum, einen beheizten Pool (falls man mal nicht im Meer schwimmen wollte) und sogar ein eigenes Kino!

Natürlich waren wir nicht deswegen hier, trotzdem konnte ich nicht anders, als all diese Einzelheiten zu bestaunen – etwas anderes gab es, ehrlich gesagt, auch nicht zu sehen, zumindest nichts, das uns irgendetwas über das Verschwinden von Charlies Eltern verraten hätte.

Die Crew war höflich, aber alles andere als herzlich. Die Angestellten waren eindeutig nur nett zu uns, weil man es ihnen befohlen hatte – mehr war nicht drin. Als Henry einige Fragen zu dem Ausflug stellte, den die Familie Stevens vor einem halben Jahr unternommen hatte, erntete er lediglich Schulterzucken. Schließlich sagte ein Kerl, der sich als Thomas und Erster Maat vorgestellt hatte: »Käpt'n Trueblood kommt in einer Stunde an Bord. Er kann euch über alles Auskunft geben. Fühlt euch bis dahin wie zu Hause.«

Damit hatten wir keinerlei Schwierigkeiten, sondern im Gegenteil: ordentlich Spaß. Wir ließen uns an Deck die warme Nachmittagssonne auf den Pelz brennen und lauschten dem Plätschern der Wellen, während ein Steward uns mit Cola in Gläsern voller Eis, dekoriert mit diesen kleinen Papierschirmchen, verwöhnte. *Das ist das wahre Leben!*, dachte ich, während ich Henrys Geschnatter über die Durchschnittsgeschwindigkeit von Jachten dieses Modells und die Wasserverdrängung der anderen Schiffe im Hafen ausblendete.

Als ich gerade dabei war, einzunicken, beugte sich Henry zu mir rüber und piekte mir in die Rippen. »Dolf, ich glaube, Käpt'n Trueblood ist hier.«

Widerwillig kämpfte ich mich aus meinem gemütlichen Sonnenstuhl und folgte Henry an die Reling, von wo aus wir einen ersten Blick auf den Besitzer der *Spinnaker* warfen.

Käpt'n Trueblood war groß, muskulös und die Art von gut aussehendem Typ, die meine Schwester (ihr Name ist Evangeline, obwohl sie – aus gutem Grund – Angie bevorzugt) gerne anhimmelt. Sein Haar war sorgfältig gestylt, sodass es betont lässig wirkte, und er trug einen leichten, cremefarbenen Anzug mit dazu passender Kapitänsmütze – sie hatte sogar diese typische goldene Kordel am Rand.

Als er Henry und mich dabei erwischte, wie wir ihn vom Deck aus anstarrten, hielt Käpt'n Trueblood kurz inne. Eine Sekunde lang hatte ich den Eindruck, als würde ein genervter Ausdruck über sein Gesicht huschen, bevor er uns gut gelaunt zuwinkte und den Steg heraufwetzte.

»Nathan Trueblood!«, stellte er sich mit basslastiger Stimme vor und reckte uns eine große, bestens manikürte Hand entgegen. »Ihr müsst Mr Hunter und Mr Pringle sein – die Freunde von Charlie.«

Während ich noch damit zu tun hatte, mich daran zu gewöhnen, als »Mr« angesprochen zu werden, nahm Henry die vorgestreckte Hand und schüttelte sie kräftig.

»So eine schlimme Sache, dass Timothy und Grace einfach so über Bord gespült werden«, sagte Käpt'nTrueblood. »Und dann auch noch auf meinem Schiff! Ich fühle mich fast schon mitverantwortlich ...«

»Wenn möglich, wollen wir Charlie dabei helfen, herauszufinden, was genau sich zugetragen hat«, erklärte Henry.

»Dann seid ihr also den ganzen weiten Weg von England hergekommen, um dieses *Geisterschiff* zu untersuchen?« So wie er das betonte, mit hochgezogenen Augenbrauen und einem wissenden Zwinkern, war auf der Stelle klar, dass er die ganze Idee für ausgemachten Schwachsinn hielt.

»Das ist eine der Spuren, der wir nachgehen, ja«, entgegnete Henry betont mehrdeutig.

Käpt'n Trueblood lächelte. »Nun, ich hoffe doch, ihr bleibt und esst mit uns zu Abend. Der Smutje bereitet etwas Leckeres mit Hummer zu, wenn ich mich nicht täusche.« Er machte eine ausladende Bewegung mit dem Arm, die das gesamte Boot umfasste. »Und tut euch keinen Zwang an, seht euch ruhig überall um. Vielleicht entdeckt ihr ja einen Hinweis darauf, was passiert ist …«

Nachdem er uns ein zweites Mal vielsagend gemustert hatte, fällte ich das Urteil, dass ich diesen Käpt'n Nathan Trueblood nicht ausstehen konnte. Henry für seinen Teil ließ sich allerdings nicht aus dem Konzept bringen, sondern bedankte sich höflich und nahm die Einladung zum Essen an. Anschließend sahen wir zu, wie der Kapitän in Richtung Brücke davonmarschierte.

»Er hält uns eindeutig für bescheuert«, sagte ich.

»Findest du?« Henry fuhr sich mit der Hand durch seine störrische Mähne. »Ich dachte gerade, dass er weit mehr weiß, als er durchsickern lässt. Auf diesem Boot zu sein, scheint mir immer noch der beste Weg, zu klären, was Charlies Eltern tatsächlich zugestoßen ist. Vertrau mir, Dolf – wir werden einen Riesenspaß haben!«

Ein Flüstern in der Nacht

Vertrau mir, Dolf – wir werden einen Riesenspaß haben! Weiter daneben hätte Henry kaum liegen können.

Das Abendessen an Bord der *Spinnaker* mit Käpt'n Trueblood liegt auf meiner Top-Ten-Liste der schlimmsten Abende meines Lebens ziemlich weit oben. (Zugegeben, das Diner mit der tausend Jahre alten Mumie war auch nicht gerade der Knaller, aber das ist eine andere Geschichte …)

Zuerst einmal gab es da das Problem, dass keiner von uns beiden für ein schickes Mahl an Bord einer Luxusjacht richtig angezogen war – nicht einmal Henry, obwohl der immerhin seine obligatorische

Krawatte dabei hatte. Käpt'n Trueblood dagegen war dem besonderen Anlass entsprechend in einen eleganten Abendanzug gekleidet, mit Fliege und allem Drum und Dran, wodurch wir uns umso schäbiger vorkamen.

Dann war da noch das »Leckere mit Hummer«, das Käpt'n Trueblood angekündigt hatte. Es stellte sich als ein kompletter Hummer heraus, der noch immer in seiner Schale saß und noch immer seine Stielaugen hatte, die mich – und das *schwöre* ich! – die ganze Zeit über vorwurfsvoll anstarrten, bis ich sie mit der Gabel zur Seite bog und ihren Blick anderswo hinlenkte. Es war eine der wenigen Gelegenheiten, bei der mir vor meinem eigenen Essen graute.

Falls ihr je auf die Idee kommen solltet, frischen Hummer zu essen, will ich euch einen Rat geben: Lasst es bleiben! Mal ganz davon abgesehen, dass es komisch aussieht, wie um alles in der Welt soll man denn bitte an das Fleisch von diesem Vieh

kommen? Ich jedenfalls hatte keine Ahnung, dass ich das Ding, das neben meinem Teller auf dem Tisch lag, wie einen Nussknacker verwenden sollte. Henry natürlich wusste Bescheid, genau wie der Kapitän, aber beide warteten selbstverständlich lange genug, bis ich mich bei meinem ersten Versuch total blamierte. Ich wollte die Schale mit Messer und Gabel aufbrechen, was dazu führte, dass ich in einem Schwall widerlich riechendem Hummersaft gebadet wurde!

Wenigstens gab sich Henry danach aus Solidarität die größte Mühe, sich mit seiner Hummerzange dämlich anzustellen, sodass er beinahe eine genauso große Sauerei hinterließ wie ich. (Das ist einer der Gründe, weshalb ich Henry Hunter so mag – er hält immer zu einem, auch wenn man sich gerade wie der letzte Depp verhalten hat).

Wie auch immer. Jegliche Hoffnungen darauf, das Gespräch könnte auch nur im Entferntesten mit Piraten oder Schätzen oder überhaupt etwas Interessantem zu tun haben, wurden bitter enttäuscht.

Der Kapitän fragte uns über die Schule, Henrys Onkel und ihre Geschäfte aus, und überraschenderweise brachte auch Henry die Nacht, in der Charlies Eltern sich in Luft aufgelöst hatten, nicht mehr zur Sprache. Nachdem ich davon ausging, dass HH seine Gründe haben musste, hielt ich mich aus allem raus. (Sowieso war ich viel zu beschäftigt damit, weitere Hummersaft-Katastrophen zu vermeiden.)

Das einzig Gute war der Nachtisch. Es war die Art von Eisbecher, die man sonst nur in wirklich guten Restaurants serviert bekommt, und ich schlug mir voller Heißhunger den Bauch voll, auch wenn meine Hände unangenehm nach Hummer rochen, was mir beinahe die Freude am Karamellsahneeis verdorben hätte.

In der Zwischenzeit machte es sich Käpt'n Trueblood in seinem Stuhl bequem, während er nach einem Glas mit einer komischen grünen Flüssigkeit griff und uns beide durchringend musterte.

»Ich muss zugeben, Jungs«, setzte er an, »ich weiß nicht, was ihr hier zu finden hofft. Selbstverständlich dürft ihr gerne so lange bleiben, wie ihr wollt, aber an eurer Stelle würde ich das Ganze in den Wind schreiben. Der arme Charles tut mir ja genauso leid, schon allein, weil er sich einfach nicht von dieser irren Idee mit dem Geisterschiff abbringen lässt. Allerdings halte ich es wirklich für das Beste, wenn er mit der Sache abschließt. Das alles noch einmal aufzurollen, scheint mir so gar keine gute Idee.«

Bestimmt hat er mit Charlies Cousin Jack geredet, dachte ich damals. Ich wartete darauf, dass Henry irgendein überzeugendes Argument bringen würde, das klarmachte, dass er den Fall nie und nimmer aufgeben würde. Umso mehr überraschte es mich, als HH murmelte: »Vielleicht haben Sie recht, Sir.«

Ich war so verdattert, dass ich mitten in der Bewegung erstarrte – mit dem Löffel kurz über meinem dritten Eisbecher, den der Steward eben gebracht hatte – und Henry mit offenem Mund anglotzte. Solange ich ihn kannte, hatte ich noch nie erlebt, dass er sich mit einer vernünftigen Erklärung für etwas Merkwürdiges zufriedengegeben hatte. Üblicherweise verteidigte er sogar noch die fantastischste Theorie, um sich einen Reim auf etwas zu machen.

Danach schien niemand mehr etwas zu sagen zu haben, und Henry warf einen Blick auf seine Uhr. »Danke für das fabelhafte Mahl, Sir, aber es wird allmählich spät. Kann ich von irgendwo ein Taxi rufen?«

Verwirrt beäugte ich Henry. Hatte George nicht gesagt, er würde uns abholen? Eben wollte ich HH daran erinnern, als er mich unter dem Tisch heimlich anstieß, also widmete ich mich schweigend meinem Eis. Er hatte etwas vor, ich wusste nur noch nicht, was.

Käpt'n Trueblood schaute ebenfalls auf seine goldene Rolex. »Ach – schon so spät? Ich habe euch viel zu lange wach gehalten. Warum verbringt ihr die Nacht nicht an Bord? Unten gibt es mehrere leer stehende Kabinen und vor morgen Nachmittag stechen wir ohnehin nicht in See.«

Henry schenkte ihm sein strahlendstes Lächeln. »Das ist zu freundlich von Ihnen, Käpt'n.« Dann wandte er sich an mich. »Wäre das für dich in Ordnung, Dolf?«

Ich nickte heftig. Der Gedanke, an Bord einer Luxusjacht zu übernachten, war zu aufregend, um das

Angebot abzulehnen. Außerdem, wenn ich ehrlich bin, war ich nach dem vielen Eis viel zu vollgestopft für lange Reisen.

Wenig später rekelten wir uns auf zwei sehr großen und gemütlichen Betten in einer der schicken Kabinen. Während ich zur Decke starrte, stellte ich die Frage, die mir seit dem Essen keine Ruhe gelassen hatte. »Äh … Du hast doch nicht wirklich vor, den Fall aufzugeben, oder HH?«

»Selbstverständlich nicht, Dolf. Ich hielt es nur für das Beste, dem Käpt'n vorerst nicht zu widersprechen. Außerdem glaube ich, dass eine Nacht auf dem Schiff uns womöglich neue Erkenntnisse liefert.«

Jetzt ergab alles einen Sinn. Henry hatte von Anfang an geplant, über Nacht auf der Jacht zu bleiben. »Dann denkst du also, Trueblood hat etwas damit zu tun, dass Charlies Eltern sich in Luft aufgelöst haben?«, fragte ich.

»Möglich. Obwohl mir im Augenblick kein Motiv dazu einfällt. Wenn es dabei um Lösegeld ginge, hätte er inzwischen längst seine Forderungen gestellt. Abgesehen davon sind Charlies Eltern so reich nun auch wieder nicht. Nein, der Grund muss ein anderer sein … Ich habe etwas übersehen.«

Plötzlich war ich doch nicht mehr so scharf darauf, die Nacht auf Käpt'n Truebloods Jacht zu verbringen. Bilder von Geisterpiraten, Riesenkraken und Kidnappern überschlugen sich in meinem Kopf. Doch nachdem Henry schwieg, lullte mich das Schaukeln der *Spinnaker* langsam ein, bis ich in wohligen Schlaf fiel.

Das Nächste, woran ich mich erinnere, ist Henry, der mich wachschüttelte.

»Was … schon Zeit fürs Frühstück?«, nuschelte ich.

»Nein. Aber etwas geht hier vor sich«, flüsterte Henry.

Mitten in der Nacht geweckt zu werden, gefällt mir gar nicht, aber etwas an Henrys Tonfall verriet mir, dass es kein guter Zeitpunkt war, das zu erwähnen. Eins meiner Beine war eingeschlafen,

also stolperte ich ziemlich ungeschickt aus meinem Bett.

Henry lauschte mit dem Ohr an der Kabinentür und winkte mich zu sich.

»Draußen redet jemand mit Käpt’n Trueblood. Zumindest glaube ich, dass es seine Stimme ist… Fest steht, dass zwei Männer miteinander tuscheln, und ich bin ziemlich sicher, dass sie die Stevens erwähnt haben. Das ist unsere Chance!« Mit vor Vorfreude blitzenden Augen drehte sich HH zu mir um. »Mir nach, Dolf – und versuch, möglichst leise zu sein!«

Er öffnete die Tür einen Spaltbreit und spähte auf den Gang hinaus. Zuerst wirkte alles ruhig, doch dann konnte auch ich es hören: das Raunen von zwei Stimmen. Henry schob sich barfuß nach draußen und ich folgte ihm, während ich mein Bestes gab, nirgendwo anzustoßen.

Gemeinsam schlichen wir durch das Zwielicht. Am Ende des Korridors führte eine Treppe zum Oberdeck, und je näher wir kamen, desto deutlicher wurden die Stimmen.

Eine gehörte eindeutig zu Käpt'n Trueblood. Die zweite war komisch: auffallend tief, mit einem merkwürdigen Akzent, den ich nicht einordnen konnte. Und das war nicht das einzig Merkwürdige: Ich meinte nämlich, einen sonderbaren Brandgeruch wahrzunehmen. Oder bildete ich mir das ein?

»Ich glaube, ich habe sie dazu gebracht, ihre Suche aufzugeben.« Das war definitiv Käpt'n Trueblood.

»Du musst auf Nummer sicher gehen«, entgegnete der Fremde.

Etwas an seiner Stimme machte mich nervös. Sie war so kalt und ohne jedes Gefühl. Allein, mir vorzustellen, wie wohl der dazugehörige Besitzer aussehen mochte, machte mir Angst. Obwohl die Nacht warm war, lief mir ein kalter Schauer über den Rücken.

»Beim kleinsten Zweifel kümmere ich mich persönlich um sie«, fuhr der Fremde fort.

»Dazu gibt es keinen Grund«, erwiderte Käpt'n Trueblood mit einem Anflug von Panik, wie mir schien. »Keiner würde uns abnehmen, dass es so kurz

hintereinander gleich zwei tödliche Unfälle an Bord der *Spinnaker* gegeben hat! Mein Ruf würde auf dem Spiel stehen.«

»Dann sorg dafür, dass ich nicht eingreifen muss«, antwortete der Unbekannte.

Darauf folgte eine lange Stille und schließlich hörten wir Schritte, die sich auf Deck von uns fortbewegten.

Allerdings nur *ein* Paar Schritte. Angenommen, sie gehören zu Kapitän Trueblood, wohin ist dann der andere gegangen? Es war, als hätte sich der zweite Mann vollkommen lautlos bewegt – oder sich in Luft aufgelöst.

Als Henry mich anstieß, zuckte ich vor Schreck zusammen. Er nickte in Richtung unserer Kabine. Auf Zehenspitzen schlichen wir zurück, und sobald wir im Zimmer waren und ich die Tür geschlossen hatte, drehte Henry sich zu mir herum. Seinen Gesichtsausdruck kannte ich nur zu gut – er bedeutete, dass Henry Hunter zu allem bereit war.

»Ich wusste, dass da etwas faul ist!«, zischte er.

»Okay, du hattest recht«, stimmte ich zu. Und stellte dann die Frage, die mir am dringendsten erschien. »Was meinst du, mit wem sich der Käpt'n unterhalten hat?«

»Das weiß ich nicht«, antwortete Henry nachdenklich. »Aber ich bin fest entschlossen, es herauszufinden.«

Dolf im Kerker

Erschrocken wachte ich auf, als sich eine große Hand auf mein Gesicht presste.

Eine zweite Hand hielt meine Arme wie in einem Schraubstock, sodass ich keinen Muskel rühren konnte. Ich wollte um Hilfe rufen, doch jemand hatte ein verknotetes, übel stinkendes Tuch in meinen Mund gestopft. Dann wurde alles schwarz, als mir jemand einen Sack über den Kopf zog.

In mir überschlugen sich die Gedanken. Worte wie »Kidnapping« und »Lösegeld« lösten sich mit der Frage ab, ob man auch Henry gefangen hatte oder ob nur ich jemandem so sehr auf die Nerven gegangen war, dass er mir das antat. In jedem Fall konnte ich jetzt nur hoffen, dass es nicht noch schlimmer kommen würde.

Mein Angreifer wuchtete mich über die Schulter und trug mich mehrere Stufen hinab. Ich spürte eine warme Brise – wir mussten im Freien sein. Ich wollte das tun, was Henry mir für solche Fälle eingetrichtert hatte: auf jedes Geräusch lauschen und nach Spuren Ausschau halten, die mir verraten könnten, wo ich war. Doch weil ich so unsanft durch die Gegend bugsiert wurde, einen Knebel im Mund und einen Sack über dem Kopf, wurde mir schlecht und mein Hirn beschloss, mir jede weitere Unannehmlichkeit zu ersparen und eine Weile abzuschalten.

Als ich zu mir kam, war ich an eine Wand gekettet. Der Sack und der Knebel waren fort, ich spuckte aus und schnappte ein paarmal hastig nach Luft. Wieder wollte ich um Hilfe rufen, aber meine Stimme klang jämmerlich dünn und die einzige Antwort, die ich erhielt, war mein eigenes Echo. Ich hatte keinen Schimmer, wo ich mich befand, fest stand nur, dass ich nicht länger unter freiem Himmel und es um mich ziemlich finster war. Ich konnte nicht einmal eine Tür erkennen, nur schwarze Mauern.

Ich zerrte an den Ketten herum, die an meinen Handschellen hingen, gab es aber bald wieder auf. Die einzelnen Glieder waren so dick wie mein Arm und steckten bombenfest in der Wand.

Ich dachte an Henrys Rat und konzentrierte mich auf meine Umgebung. Mir fiel der kräftige und unverkennbare Geruch von Meerwasser auf, vermischt mit etwas Unbekanntem. Es war kalt, sodass ich in meiner dünnen Hose und dem T-Shirt zu zittern anfing. Ich war für die Karibiksonne angezogen, weniger für eiskalte Kerker.

Mehrere Male nickte ich ein, nur um beim Aufwachen festzustellen, dass ich nicht nur schlecht geträumt hatte. Die Kälte begann, in meine Knochen zu kriechen, daher tat ich mein Bestes, mich aufrecht hinzusetzen und Arme und Beine so weit wie möglich zu strecken, damit Blut hineinkam.

Allmählich fiel graues Licht in den Raum, und ich vermutete, dass es draußen zu dämmern anfing. Mit zusammengekniffenen Augen konnte ich sehen, dass ich in einer Zelle hockte, deren Wände aus groben Steinblöcken bestanden. Der Boden war bloße Erde und die Decke schien aus dicken Balken zu bestehen.

Nun entdeckte ich auch eine Tür, die so massiv aussah, als könnte man sie nur mit einer kleinen Armee aufbrechen. Von den übrigen Wänden hingen noch andere Ketten. Alles in allem entsprach der ganze Raum so sehr dem Filmklischee eines typischen Kerkers, dass ich beinahe kichern musste – vermutlich wäre es ein ziemlich hysterisches Kichern geworden.

Dann fielen mir die beiden Lumpenbündel auf, die an der gegenüberliegenden Mauer lehnten. Waren das ebenfalls Gefangene? Ich rutschte ein Stück auf sie zu und japste erschrocken – es waren Skelette, verpackt in ihre letzten Kleiderfetzen. So weit es ging rückte ich von ihnen weg und gab mein Bestes, nicht zu hyperventilieren. *Ich bin geliefert!*, fuhr es mir durch den Kopf. Die Erkenntnis traf mich wie ein Vorschlaghammer – wenn man die anderen Gefangenen hier eingesperrt hatte, bis sie tot und zu Skeletten geworden waren, dann stand dieses Schicksal sicherlich auch mir bevor … Mehrere Minuten lang kämpfte ich ver-

zweifelt mit meinen Ketten und probierte, sie zu zerbrechen. Als das keinen Erfolg hatte, brüllte ich wie am Spieß.

Ich habe keine Ahnung, wie lange ich da saß und mir die Seele aus dem Leib schrie, aber irgendwann wurde ich so heißer, dass meine Stimme kaum mehr als ein Krächzen war. Und noch immer hatte niemand auf mich reagiert. Ich sackte in mich zusammen und rollte mich auf dem kalten Boden zu einer Kugel ein. *Das also ist das Ende. Kein* Todesengel 4 *mehr. Nie wieder Eisbecher. Nie wieder Abenteuerjagd mit HH ...*

Während ich mich in meinem Unglück suhlte, hörte ich ein Geräusch. Ich spitzte die Ohren. Hatte ich es mir nur eingebildet oder waren das tatsächlich Schritte gewesen? Dann hörte ich es erneut – eindeutig Schritte, und sie kamen näher!

Kurz überlegte ich, ob ich noch einmal um Hilfe rufen sollte, doch dann begriff ich, dass die Tritte wahrscheinlich zu meinem Entführer gehörten, also blieb ich still liegen und machte keinen Mucks.

Der Rhythmus der Schritte veränderte sich und ich hörte, wie sie sich auf einer Holztreppe abwärts bewegten, bis sie vor der schweren Tür verharrten und ein Schlüssel ins Schloss gesteckt wurde. Schließlich schwang die Tür knarrend auf. (Warum müssen alte Türen eigentlich immer so gruselig knarzen?) Schwaches Licht umrahmte den Umriss einer sehr großen Gestalt, allerdings konnte ich weder ihr Gesicht noch sonst irgendwelche Einzelheiten erkennen.

Falls ihr euch je gefragt habt, was der Ausdruck »drohend über jemandem aufragen« bedeutet, kann ich euch versichern, dass mir das in dicsem Augenblick absolut klar wurde. Der Mann, der den Raum betrat, war riesig – riesig im Sinne von WWF-Wrestling-Star-riesig. Er trug einen dunklen Anzug und eine Skimaske, die sein Gesicht zum Großteil verdeckte.

Er streckte eine Hand von der Größe eines kleinen Fußballs aus, packte mich vorne am T-Shirt und hob mich vom Boden. Dann schob er sein Gesicht ganz nah an meins und gönnte mir eine Kostprobe seines stinkenden Atems.

Aus den Gucklöchern der Maske glitzerten mir seine Augen entgegen, als er mich mit tiefer, rauer

Stimme in einem Akzent, der eventuell Russisch war, anredete. Dabei setzte er nach jedem Wort ab, als müsste er überlegen, welches er als Nächstes benutzen sollte.

»Was … du … wissen … über … Piraten?«

Einen Sekundenbruchteil dachte ich daran, einen schlauen Spruch über mein enormes Allgemeinwissen zu bringen, doch die Idee verging mir schnell wieder, als mein Gegenüber mich wie eine Ratte schüttelte und knurrte: »Sag … oder … ich … brechen … Arme … vielleicht … auch Beine …«

»Ich weiß gar nichts«, jammerte ich. »Also können Sie mich auch genauso gut laufen lassen.«

Der Riese gab einen komischen Laut von sich, den ich nach einer Weile als Lachen identifizierte.

»Ihr fragt … zu viele … Fragen«, gluckste er. »Boss nicht … glücklich.«

»Tut mir ja echt leid«, winselte ich und wünschte, meine Stimme würde sich nicht so zittrig anhören. »Wer ist denn dieser Boss?«

Falls ich im Ernst geglaubt hatte, ich könnte dem großen Typen irgendwelche Informationen entlocken, hatte ich mich getäuscht.

»Du … hoffen … solltest … du … ihn nie … treffen«, knurrte der Gorilla, und ich hatte den Eindruck, in seinem Ton einen Hauch von Angst zu erkennen. Wenn einer wie *er* sich vor dem Typen fürchtete, was mochte dieser Boss dann für ein Kerl sein?

»Hören Sie, wir machen hier nur Ferien«, brachte ich schließlich heraus. »Mein Freund weiß einfach gern über alles Bescheid. Er kann nicht anders, als ständig Fragen zu stellen.« (Ich fand, es könnte nicht schaden, möglichst dicht an der Wahrheit zu bleiben.«

Der Riese grunzte und ließ mich dann ohne Vorwarnung so unsanft auf den Boden fallen, dass beim Aufprall meine Zähne aufeinanderschlugen.

»Zu viele … Fragen«, murrte er, während er sich drohend über mich beugte.

Ich schloss die Augen und überlegte, was mir wohl als Nächstes blühen würde, doch zu meiner Überraschung ging der Muskelmann zur Tür. Als ich einen Blick riskierte, entdeckte ich im Rahmen eine zweite Person, die jedoch zu tief im Schatten verborgen war, um irgendetwas an ihr zu erkennen. Als der Gorilla sie erreicht hatte, tuschelten sie miteinander.

Ich spitzte die Ohren, doch so sehr ich mich auch anstrengte, außer dem Wort »Kapitän« und etwas in der Richtung von »mehr Buddler« (allerdings war ich mir da nicht sicher), konnte ich nichts erhaschen. Dann verschwand der zweite Unbekannte und mein neuer Gorillakumpel kam zu mir zurückgetrottet. Er verbreitete eine Weile allein durch seine Anwesenheit Angst und Schrecken, während er undeutlich vor sich hin murmelte und mit der Zunge schnalzte, bis er schließlich sagte: »Keine … Fragen … mehr. Ich lasse … dich … hier … Tschüss.«

Mir blieb gerade genug Zeit, um mich darüber zu freuen, dass er mir weder Arme noch Beine gebrochen hatte, als die Tür mit einem Donnerschlag ins Schloss fiel. Dann begriff ich, dass ich weder Wasser noch Essen (kein Essen!) hatte und dass die Art, wie mein Entführer Tschüss gesagt hatte, ziemlich endgültig geklungen hatte. Anschließend blieb mir reichlich Gelegenheit, mir auszumalen, wie ich vollkommen abmagern, verhungern und schließlich wie die Skelette auf der anderen Seite der Zelle enden würde.

Ich muss zugeben, dass dies einer der Momente war, in denen ich fast die Hoffnung aufgegeben hätte.

Die Wahrscheinlichkeit, dass mich irgendjemand finden würde, selbst wenn er Henry Hunter hieß, schien winzig. Wie ein Häufchen Elend kauerte ich auf dem Boden und fragte mich, wie lange es wohl dauert, bis man verhungert – dann fiel mir ein, dass Essen nicht mal mein größtes Problem war. Im Durchschnitt kommt ein Mensch nämlich nur einen Tag oder so ohne Wasser aus …

Über diesen trostlosen Grübeleien muss ich irgendwann eingeschlafen sein, denn auf einmal fuhr ich erschrocken hoch, als ich über mir eine Art Scharren hörte.

Weil ich davon ausging, dass mein Kidnapper zurückkam, um doch noch ein paar Arme und/oder Beine zu brechen, blieb ich zuerst still. Doch dann fand ich, dass zumindest die

Möglichkeit bestand, es könnte jemand anderes sein – und überhaupt, was hatte ich schon zu verlieren? Also fing ich wieder an zu schreien, auch wenn ich wenig mehr als ein lautes Krächzen zustande brachte.

Während das Schaben immer lauter wurde, tauchte in der Decke langsam und ächzend ein dünner Lichtschimmer auf, der allmählich breiter wurde und sich als das Rechteck einer Falltür entpuppte, die sich über mir öffnete.

Eigentlich erwartete ich das Gesicht eines Fremden, vielleicht das vom Boss des Gorillas, jedenfalls rechnete ich nicht mit dem, war tatsächlich in der Öffnung erschien.

Das Gesicht von Henry Hunter!

Er schenkte mir sein typisches Grinsen und schob sich das störrische Haar aus der Stirn. »Halte durch, Dolf«, sagte er so gelassen, als würde er mir mitteilen, wie spät es war. »In null Komma nichts haben wir dich da raus!«

Im nächsten Moment tauchte eine Leiter auf, die zu mir heruntерglitt, bis sie den Boden berührte. Rasch stieg Henry herab und eilte zu mir.

»Wie das blühende Leben siehst du nicht gerade aus«, stellte er fest, als er mich musterte.

Ich biss mir auf die Lippe. Nun war wirklich nicht der Moment, mich über so eine Untertreibung aufzuregen, stattdessen rasselte ich bibbernd mit meinen Ketten. »Die s…sind z…zu dick, um s…sie zu z…zerbrechen …«

»Keine Sorge«, erwiderte Henry und zückte einen Dietrich, den er aus seiner Tasche gezaubert hatte. Ich wüsste zu gerne, woher er diese Sachen immer nimmt – und wie es kommt, dass er jederzeit immer genau das griffbereit hat, was er gerade benötigt. An diesem Tag war ich allerdings einfach nur froh darüber. Er brauchte keine Minute, um das Schloss meiner Handschellen zu öffnen und mir anschließend die Leiter hinauf in die Freiheit zu helfen. Dort reichte er mir eine dicke, zum Glück nicht allzu schlimm miefende Decke.

Ich schlang sie um mich, und sobald ich meine Arme und Beine wieder spürte und meine Zähne zu klappern aufgehört hatten, sah ich mich um.

Wir befanden uns in einem großen Raum, vollgestopft mit wackligen Türmen aufgestapelter Holzkisten. Durch ein Dachfenster fiel Sonnenlicht, außerdem konnte ich das Meer riechen und das lärmende Kreischen von Möwen hören.

»Wo sind wir?«, fragte ich schließlich.

»In der Lagerhalle des Museums«, antwortete Henry.

»Museum …?«

»Das Museum für Piraten und Piraterie«, erklärte Henry geduldig. »In Bridgetown. Wir befinden uns in einer ihrer Lagerhallen – die offenbar früher einmal Teil der Ausstellung war, allerdings scheint sie schon eine Weile nicht mehr genutzt zu werden. Weshalb sich der Kerker auch als Gefängnis für dich angeboten hat.«

»Du meinst, der Kerker ist nur Show?«, sagte ich, als mir ein Licht aufging. »Also ich kann dir sagen, er wirkt überzeugend echt!«

Mir fielen die beiden Skelette ein, die an die Wand gekettet waren.

»Und die Leichen da unten sind auch nicht echt?«

Henry strahlte. »Ganz im Gegenteil. Bestehen lediglich aus Kunstharz und Stoff.«

Mein Herzschlag beruhigte sich ein wenig. »Aber wie hast du mich gefunden?«

»Eigentlich war das gar nicht so schwierig«, antwortete Henry. »Ich war gerade im Bad, als ich hörte, wie jemand unsere Kabine an Bord der *Spinnaker* betrat. Ich öffnete die Tür einen winzigen Spaltbreit, um nachzusehen, was da los war. Der Eindringling war riesig, und mir war gleich klar, dass es keinen Sinn hätte, ihn anzugreifen, also wartete ich, bis er mit dir im Gepäck wieder verschwand, und heftete mich an seine Fersen. Dann bin ich ihm hierher gefolgt.«

»Dann warst du also die ganze Zeit dabei? Na herzlichen Dank, dass du mich nicht schon früher gerettet hast!«

»Tut mir leid, Dolf. Mehr konnte ich einfach nicht machen, ohne selbst erwischt zu werden. Er kam ins Badezimmer – wahrscheinlich hat er auch nach mir gesucht –, daher musste ich mich im Schrank bei den Handtüchern verstecken. Zum Glück war er nicht helle genug, einen Blick hineinzuwerfen. Jedenfalls, nachdem er dich in den Kerker gesperrt hatte, blieb er endlos lang an der Tür stehen. Ich vermute, er hat auf jemanden gewartet, weil er immer wieder Richtung Eingang geguckt hat. Dann habe ich beobachtet, wie er hineingegangen ist.«

»Wo er sich größte Mühe gegeben hat, mir Angst zu machen.« Ich konnte ein Schaudern nicht unterdrücken, als ich daran dachte, wie der Schläger wie ein monströser Fels über mir aufragte und damit drohte, meine Arme zu brechen.

»Was wollte er von dir?«, fragte Henry schnell.

»Wissen, was ich über Piraten weiß. Er hat gesagt, wenn wir nicht aufhören, Fragen zu stellen, bekommen wir Ärger.«

»Großartig!«, rief Henry. »Ich hatte gehofft, wir würden die Übeltäter nervös machen und aus der Reserve locken.«

»Genau genommen haben *die mich* nervös gemacht«, sagte ich.

»Das tut mir wirklich leid, Dolf. Ist sonst noch etwas passiert?«

»Da war noch jemand, ein anderer Typ. Die beiden haben eine Weile getuschelt, aber ich konnte

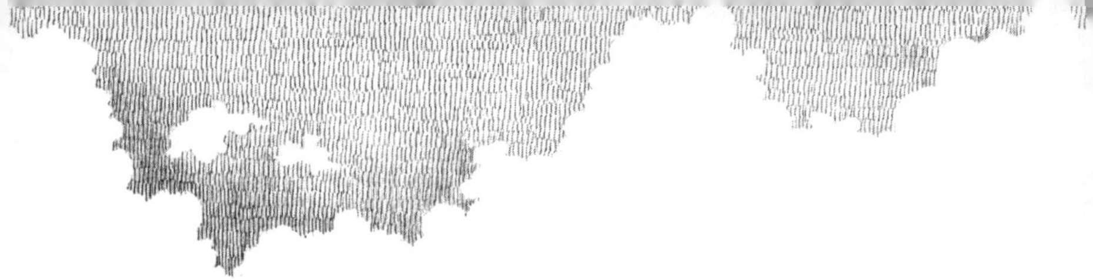

kaum was verstehen. Nur etwas von einem Kapitän und irgendwelchen Buddlern …«

Henry runzelte die Stirn. »Buddler? Wozu brauchen sie Buddler?«

»Äh … Vielleicht suchen sie ja nach einem Schatz«, schlug ich vor.

Henry machte ein konzentriertes Gesicht. »Damit könntest du richtig liegen, Dolf«, meinte er schließlich. »Und ich frage mich, wer dieser Kapitän ist – womöglich unser alter Freund Käpt'n Trueblood?«

»Der Gorilla hat von einem Boss geredet. Ich hatte den Eindruck, als hätte er Angst vor ihm.«

»Nun, wer auch immer damit gemeint sein mag, ich habe ihn nicht kommen sehen … oder gehen«, sagte Henry. »Dafür habe ich beobachtet, wie dein Gorilla von dannen gezogen ist. Zu gerne hätte ich ihn verfolgt, aber ich konnte dich schreien hören und fasste den Entschluss, dich zuerst aus deiner misslichen Lage zu befreien.«

Durch Henrys Sorge etwas besänftigt, überlegte ich laut, wie uns die Kerle wohl gefunden hatten.

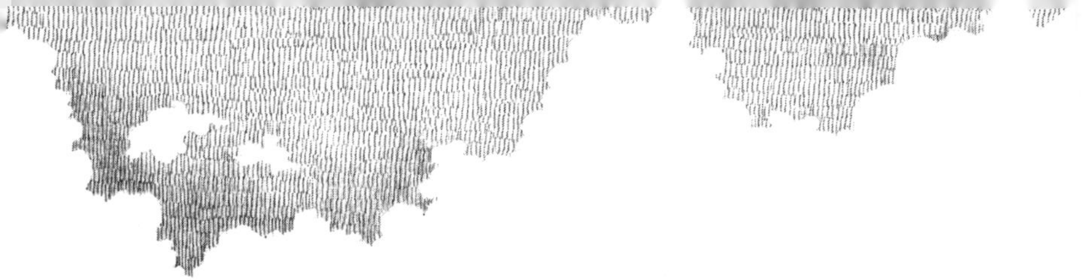

»Ich kann nur zu dem Schluss gelangen, dass Käpt'n Trueblood in die Angelegenheit verwickelt ist«, berichtete Henry. »Ich gehe doch stark davon aus, dass er uns nicht eingeladen hat, auf der Jacht zu übernachten, damit wir herausfinden, was den Stevens in Wahrheit zugestoßen ist. Er wollte aus einem anderen Grund, dass wir auf der *Spinnaker* bleiben – damit er unsere Entführung einfädeln konnte, um sicherzustellen, dass wir seiner Jacht nicht mehr zu nahe kommen!«

»Ich hätte da unten verhungern können!«, jammerte ich. »Bitte sag, dass wir jetzt heimfahren, ja?«

Noch während ich sprach, war mir klar, dass wir das sicherlich nicht tun würden. Trotzdem konnte ich nach so einer traumatischen Erfahrung an nichts anderes als unsere sicheren vier Wände an der St. Grimbolds denken.

»Wir können doch jetzt nicht aufgeben!«, meinte Henry eindringlich. »Wir kommen der Wahrheit immer näher und müssen unbedingt am Ball bleiben. Charlie zuliebe.«

Mein Magen knurrte. »Können wir vorher wenigstens was Ordentliches frühstücken?«

Henry nickte. »Bald. Wäre es in Ordnung, wenn wir uns zunächst noch schnell im Museum umsehen, wenn wir schon hier sind? Vielleicht finden wir einen hilfreichen Hinweis. Und dann, das verspreche ich dir, gönnen wir uns eine reichhaltige Mahlzeit.«

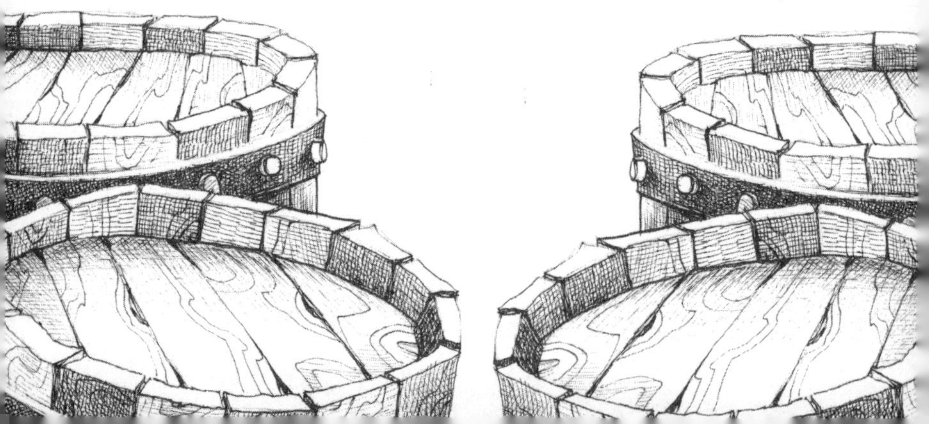

Ich sah ein, dass Henrys Vorschlag sinnvoll war, also schlug ich mich tapfer. »Na gut. Aber ich will hoffen, dass wir wenigstens was Interessantes finden.«

»Oh, ganz sicher. Versprochen.«

Im Museum

Was diesen letzten Teil angeht, hielt Henry sein Wort voll und ganz. Das Museum für Piraten und Piraterie war tatsächlich ziemlich cool. Gleich am Eingang wurden wir von einem riesigen Kerl empfangen, der als Pirat verkleidet war und das Kunststück vollbrachte, so ziemlich jedes denkbare Klischee in seiner Rolle unterzubringen. Zum Beispiel nannte er uns andauernd »Schiffskameraden«. Das Beste am ganzen Museum allerdings kam erst noch – als wir es geschafft hatten, dem piratischen Führer zu entkommen, und die eigentliche Ausstellung betraten, kamen wir uns direkt in die Piratenzeit versetzt vor, so echt wirkte die Einrichtung. Wir wanderten durch einen Nachbau des Hafens von Nassau, begleitet von einer Geräuschkulisse aus Brandung, knarrenden Holzbohlen und dem Gegröle betrunkener Matrosen, die sich gegenseitig anpöbelten. Die Krönung war jedoch der Hauptsaal des Museums, in dem der lebensgroße Nachbau eines Piratenschiffs zu sehen war.

Wir spazierten von Deck zu Deck und bestaunten Kisten voller Waffen – jede Menge Flinten, lange Messer, Enterhaken und Belegnägel (Henry erklärte mir, dass diese Holzdübel dazu benutzt worden waren, um die Takelage festzumachen, aber auch als Waffe zum Einsatz gekommen waren). Einige der Aus-

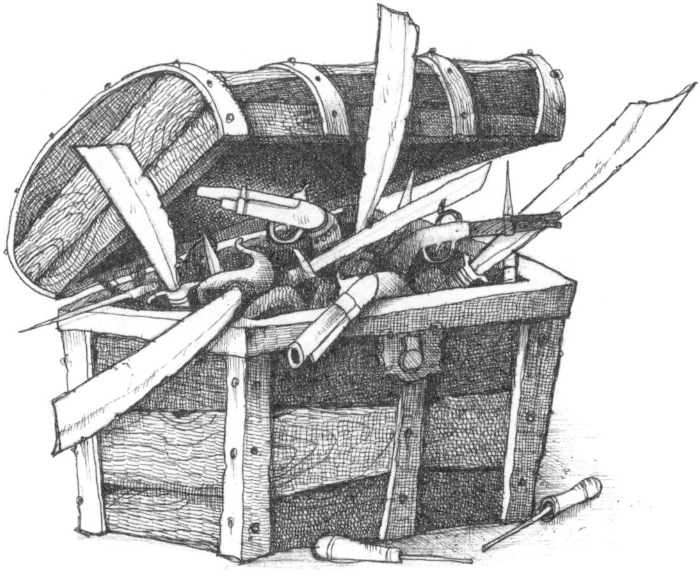

stellungsstücke hatten angeblich einmal echten Piraten gehört.

Danach kamen wir zu einem der größten und atemberaubendsten 3-D-Modelle, die ich je gesehen habe. Es zeigte einen Piratenkapitän, der mit seiner Mannschaft aus gemeingefährlich aussehenden Seebären ein hilfloses Handelsschiff enterte.

Wie gebannt starrte ich den Kapitän an, er war gut über eins achtzig groß, breit wie ein Bär und über und über mit Waffen behängt. Abgesehen von dem gebogenen Entermesser in einer seiner fleischigen Hände, steckten in den Kreuzgurten, die sich über seiner stämmigen Brust spannten, vier Pistolen. Das mit Abstand Gruseligste an ihm waren jedoch die komischen Seilstücke, die er sich ins lange schwarze Haar geflochten hatte – in der Szene wirkte es, als würden sie brennen. Das Glühen brach sich in den schwarzen Augen der Figur, die sich in dem massigen Kopf zu bewegen und uns zu verfolgen schienen. Untermalt wurde die Szenerie von einem Tonband, das donnernde Explosionen, Schreie und Rufe abspielte. Für meinen Geschmack ein bisschen zu real, wenn ihr mich fragt!

Obwohl ich natürlich wusste, dass der Kapitän nur eine Puppe war, lief es mir eiskalt über den Rücken. Diesem Burschen wollte man bei Nacht nicht über den Weg laufen. Doch da war noch etwas anderes. Ein merkwürdiges Gefühl überkam mich, als würde ich diesen Kerl kennen oder als hätte ich ihn schon einmal gesehen. Vielleicht in einem von Henrys Büchern?

»Wow! Blackbeard – auch bekannt als Edward Teach!«, informierte Henry mich aufgeregt, als er neben mir auftauchte. »Einer der größten Piraten aller Zeiten.«

»Sieht ganz schön fies aus.«

»Da hast du recht«, bekräftigte Henry. »Man geht davon aus, dass er mindestens fünfzig Menschen ermordet hat, außerdem hat er mehr Schiffe versenkt als irgendein anderer Pirat damals. Natürlich hatte er nichts anderes im Sinn, als reich zu werden.«

»Was sind das für Dinger in seinem Haar?«

»Das sind Lunten«, erklärte Henry. »Du weißt schon, Zündschnüre, die man anzündete, um die Kanonen abzufeuern. Blackbeard band sie sich ins Haar und entfachte sie, jedes Mal, bevor er in eine Schlacht zog. Stell ihn dir nur mal vor«, fuhr er begeistert fort, »über eins achtzig groß mit diesem riesigen buschigen Bart, richtig schlecht gelaunt, dazu die stechenden Augen, die brennenden Lunten und die vielen Pistolen … Kein Wunder, dass selbst seine eigene Mannschaft dachte, er sei mit dem Teufel im Bunde.«

»Dem Teufel? Meinst du *den* Teufel … mit Hörnern und Schwanz und dem ganzen Kram?«

»Ganz genau«, bestätigte Henry. »Blackbeard entging so oft einer Gefangennahme, dass es nicht mehr mit rechten Dingen zuzugehen schien. Man munkelt, als er endlich seinen Tod fand, hätten ihn fünf Kugeln durchbohrt und zwanzig Messerstiche verwundet. Am Ende schlitzte ihm jemand von hinten die Kehle durch und schnitt seinen Kopf ab.«

»Übel«, murmelte ich, während ich Blackbeards riesige Gestalt betrachtete. Ich muss zugeben, ich war froh, dass er hinter Glas steckte.

»Das war noch nicht alles«, erzählte Henry weiter. »Nach seinem Tod berichtete seine Crew von einem Seemann an Bord ihres Schiffes, den keiner von ihnen je zuvor gesehen oder gesprochen hatte. Sie glaubten, es sei der Teufel persönlich, der gekommen war, um Blackbeards Seele einzufordern.«

»Wow. Dazu kann ich nur sagen: Zum Glück kann ich ihm heutzutage nicht mehr über den Weg laufen«, meinte ich.

»Manchmal verblüffst du mich, Dolf«, sagte Henry. »Ich wüsste nicht, was ich lieber täte. Blackbeard kennenlernen – das wäre doch mal was!«

»Ja, etwas, das ich mir nicht mal vorstellen möchte, falls du nichts dagegen hast«, grummelte ich beleidigt. Doch Henry hörte mir gar nicht zu. Er war schon vor den nächsten Schaukasten getreten.

»Schau dir das an, Dolf! Blackbeards Schatzkarte.«

Ich stellte mich neben Henry. Irgendwie hatte ich noch immer das unheimliche Gefühl, als würde die Puppe aus dem Schaukasten mich beobachten, was mir die Haare zu Berge stehen ließ, trotzdem blickte ich pflichtbewusst in die Vitrine vor mir. Darin war ein uraltes Pergament voller Flecken und mit ausgefransten Rändern. Darauf war eine Insel gezeichnet, die mit einem mehr als deutlichen X aus roter Tinte markiert war.

»Ach komm schon!«, motzte ich. »Haben die sich denn nichts Besseres einfallen lassen können? Dass die echt ist, nimmt ihnen doch keiner ab.«

»Natürlich«, meinte Henry unbestimmt. »Aber guck, was da steht.« Er las die staubige Inschrift vor, die

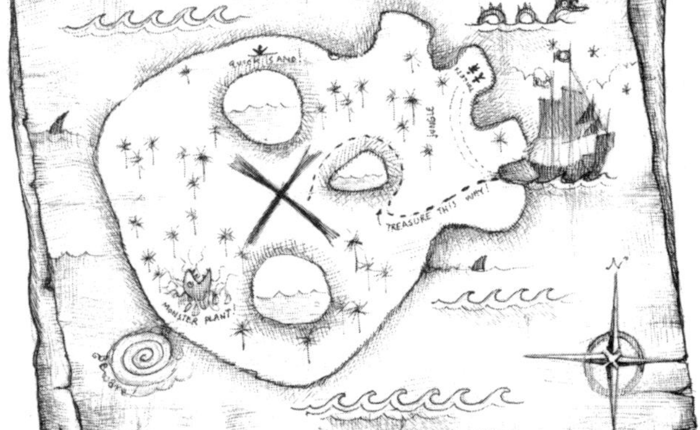

unterhalb der Vitrine angebracht war. »Eine Schatzkarte, die man dem gefürchteten Piraten Edward Teach, genannt Blackbeard, zuschreibt und die angeblich das letzte Versteck seiner Beute aufzeigt. Viele haben sich aufgemacht, sie zu finden, doch keiner hat die Jagd nach dem Schatz überlebt. Quelle: unbekannt.«

»Die hatten bestimmt einen Mordsspaß dabei, sich diesen Käse auszudenken«, platzte ich heraus.

»Möglich.« Henry machte ein nachdenkliches Gesicht. »Trotzdem ist etwas daran merkwürdig.«

»Was denn?«

»Nun, wie jeder weiß, starb Blackbeard 1718, als die Kriegsmarine des britischen Königreichs ihn erwischte. Aber schau dir diese Infotafel an, Dolf. Das Todesdatum wurde abgekratzt – und so wie es aussieht, erst vor Kurzem.«

»Na ja, dann hat sich eben jemand einen Scherz erlaubt«, meinte ich.

»Das hier ist ein Museum«, sagte Henry empört, als wäre allein die Idee, jemand könnte an so einem Ort Unfug treiben, völlig ausgeschlossen.

Ich wollte schon entgegnen, dass das ja keinen großen Unterschied machte, doch dann überlegte ich es mir anders. Details und Fakten bedeuten Henry wirklich eine Menge – man könnte mit Recht behaupten, dass er davon besessen ist.

Wenig später verließen wir das Museum, während Henry noch immer vor sich hin grummelte und von »wichtigen Daten« sprach. Er rief George, den gut gelaunten Chauffeur, an, damit er uns abholte und zurück zum Hotel fuhr. Während der Heimreise durch die trubeligen Straßen war Henry ungewöhnlich still.

»Also, haben wir irgendwas Brauchbares herausgefunden?«, wollte ich schließlich wissen, während meine Gedanken um mein extrem verspätetes Frühstück kreisten.

»Nun, es gibt wenigstens ein Dutzend Geschichten über Piratenschätze, die überall in der Karibik vergraben sein sollen«, antwortete Henry, den die Chance, weitere Fakten zu versprühen und zu beweisen, dass er während unseres Museumsbesuchs weit mehr Infos aufgeschnappt hatte als ich, seine schlechte Laune sofort vergessen ließ.

Er spulte eine lange Namensliste ab, die unter anderem Leute mit Spitznamen wie Black Bart, Ned Lowe, William Kidd und Black Sam Bellamy beinhaltete. (Insgesamt schienen eine Menge Piraten »Black Irgendwas« zu heißen – die Farbe Schwarz war damals anscheinend groß in Mode. Warum hörte man eigentlich nie vom »Gelben Tom« oder »Jake Blaustrumpf«?)

»Zu jedem gibt es eine berühmt-berüchtigte Geschichte«, erzählte Henry weiter. »Natürlich fehlen jegliche Beweise dafür, dass sie überhaupt je existiert haben.« Dieser Umstand schien seine Laune schon wieder etwas zu drücken. »Aber viele Menschen sind losgezogen, um nach Spuren zu suchen.«

»So wie Charlies Dad«, sagte ich.

»Genau. So wie Charlies Dad«, bekräftigte Henry mit ernster Miene.

Nachdem er eine Weile geschwiegen hatte, fuhr er fort: »Gehen wir doch einmal davon aus, er hätte tatsächlich etwas gefunden – einen Hinweis auf einen dieser Schätze. Das wäre doch ein guter Grund, ihn zu entführen.«

»Entführen? Meinst du echt, das ist es, was passiert sein könnte?«

»Es ergäbe Sinn«, sagte Henry. »Menschen sind schon aus weit unwichtigeren Gründen verschwunden. So wie du um ein Haar«, fügte er grinsend hinzu.

»Aber wenn das stimmt, sollten wir dann nicht die Polizei verständigen?«, schlug ich vor. Ohnehin hätte ich unseren Freunden und Helfern gerne erzählt, was man mit *mir* gemacht hatte.

»Womöglich. Aber vorher müssen wir mehr herausfinden. Im Augenblick haben wir nichts weiter als eine Geschichte über einen Piratenschatz, die uns niemand abkaufen würde. Nicht mal hier.«

»Äh … Und wie genau finden wir mehr heraus?«, wollte ich wissen.

»Wir brauchen jemanden, der sich in der Gegend auskennt«, sagte Henry. Dann wandte er sich an George, der natürlich alles mitgehört hatte, sich aber dank der Verschwiegenheit, die alle Angestellten von Hunter & Co. auszeichnete, zurückgehalten hatte.

»Falls wir mit jemandem reden wollten, der alles über diesen Ort weiß und auch, was so alles passiert, wer wäre am geeignetsten?«, fragte Henry.

»Ich glaube, ich kenne da genau den Richtigen für Sie, mein junger Herr«, sagte George. »Er ist ein

bisschen ruppig, wenn Sie wissen, was ich meine, aber eigentlich harmlos.«

Ich hatte meine Zweifel, ob mir die Vorstellung von jemandem, der »eigentlich« harmlos war, gefiel, aber Henry war Feuer und Flamme.

»Klingt perfekt«, sagte er. »Können Sie für uns ein Treffen in die Wege leiten – wenn möglich noch heute Abend?«

George versprach, es zu versuchen, und brach gleich wieder auf, nachdem er uns am Hotel abgesetzt hatte.

Mittlerweile war es Mittag, die Sonne stand hoch am Himmel. Sobald wir in Henrys Zimmer waren, ließ HH sich aufs Bett fallen und verschränkte die Hände hinter dem Kopf.

»Im Augenblick treibt mich nur eine Sache um, Dolf«, sagte er. »Warum sollte jemand an der Ausstellung im Museum herumpfuschen und Daten ändern? Es sei denn …«, er verstummte, während sein Gesicht den Ausdruck annahm, der »Denken« anzeigte und den ich so gut kannte.

»Es sei denn …?«, hakte ich nach.

»Der Mann, der dich gekidnappt hat, hatte einen Schlüssel für den Lagerraum, was darauf hindeutet, dass er im Museum arbeitet. Und wenn er eine Verbindung zum Museum hat, ist das vermutlich der Grund, weshalb die Infokarte verändert wurde.«

»Wie kommst du denn darauf?« Ich konnte dem ganz und gar nicht folgen.

»Weil es bedeutet, jemand dort weiß etwas, das dem Rest der Welt verborgen ist. Wenn Edward Teach nicht, wie von allen angenommen, zu dem bekannten Zeitpunkt starb, ist alles möglich. Vielleicht ist die Karte in der Vitrine gar keine Fälschung. Vielleicht zeigt sie tatsächlich, wo Blackbeard seinen Schatz versteckt hat!«

Zwar konnte ich seiner Beweisführung noch immer nicht folgen, aber auf eine abgefahrene Art und Weise ergab es Sinn. Wenn Henry richtig lag, könnte das ein völlig neues Licht auf das mysteriöse Verschwinden von Charlie Stevens Eltern werfen.

Der Eiserne Jake

Nach ein paar Stunden Entspannung am Hotelpool und einem fantastischen Abendessen in einem der Hafenrestaurants, trafen wir uns mit George, der uns zu unserer Verabredung mit dem »cigentlich harmlosen« Informanten chauffierte.

»Ehrlich gesagt«, meldete er sich zu Wort, während wir uns durch den Abendverkehr in Richtung Hafen schlängelten, »weiß ich nicht mal, wie er richtig heißt. Jeder nennt ihn nur den Eisernen Jake. Er lebt schon fast sein ganzes Leben hier und kennt Gott und die Welt. In Bridgetown passiert nichts, das er nicht mitbekommt.«

»Der Eiserne Jake«, wiederholte Henry. »Klingt nach einer schillernden Persönlichkeit.«

»Das können Sie laut sagen! Aber der Schein trügt, fallen Sie nicht auf seine Masche rein – was er einmal hört, vergisst er nicht wieder, und er weiß grundsätzlich mehr, als er zugibt. Wenn Ihnen irgendjemand helfen kann, dann Jake!«

Ich für meinen Teil war alles andere als glücklich. Der Name »Eiserner Jake« hatte in meinem Kopf eine Lawine von Bildern losgetreten, von denen die meisten zeigten, wie wir verprügelt und wieder in diesen ungemütlichen Kerker geworfen wurden. Henry allerdings strahlte geradezu vor Vorfreude und lehnte sich in seinem Sitz immer wieder eifrig nach vorn, um durch das Fenster die Scharen von Barbadiern zu beobachten, die ausnahmslos den Anschein machten, als wären sie fest entschlossen, sich so gut und so laut wie möglich zu amüsieren. Wir kamen an Kisten voller Hühner vorbei, an Verkäufern, die scharf gewürzten Fisch und Kokosnusssaft anpriesen – und

überall an Touristen, die darauf versessen waren, in den bunten Läden, die hier jede Straße säumten, ein Schnäppchen zu machen.

Wenig später erreichten wir den Hafen, wo sich über dem Wasser ein Wald aus Masten erhob, die sich in den Himmel bohrten und ihm ein bunt gestreiftes Kleid anzogen – alles war dabei, von Knallrot bis Dunkelblau. Vor einer windschiefen Hütte, die sich zwischen eine Hummerbar und ein Geschäft für Taucherequipment quetschte, hielt George an. Hier war es ein wenig ruhiger – die meisten Leute, die sich am Strand vergnügen wollten, versammelten sich im Jachthafen, wo Dutzende Cafés und Restaurants ihre Tische noch auf den Gehsteigen aufgestellt hatten, und wo auch die *Spinnaker* ankerte.

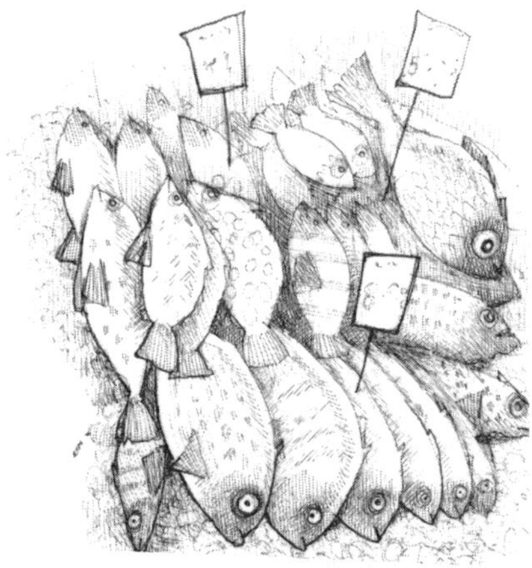

Die Hütte wirkte unbewohnt. Hinter den Fenstern brannte kein Licht und auf der Veranda, die sich wie betrunken nach einer Seite neigte, herrschte Schwärze. Doch als wir aus dem Wagen stiegen, entpuppte sich ein Stück dieser Finsternis als eine Gestalt, die schon die ganze Zeit über in einem mitgenommenen alten Sessel gehockt haben musste.

»'n Abend, Jake«, sagte George. »Das hier sind Mr Hunter und Mr Pringle, von denen ich dir schon erzählt habe.«

»Bisschen jung für Schatzsucher, oder?«, murrte der Mann auf der Veranda. Seine Stimme war rau, obendrein sprach er mit so starkem Akzent, dass ich alle Mühe hatte, ihn zu verstehen.

»Wir mögen jung sein, aber wir meinen es ernst«, entgegnete Henry, während er mit ausgestreckter Hand auf den Eisernen Jake zutrat.

Der ignorierte die Geste, und nachdem er sich aus seinem Stuhl hochgerappelt und langsam ins flackernde Licht einer Straßenlaterne getreten war, wurde mir auch klar, warum.

Der Eiserne Jake hatte nur eine Hand, die andere war durch eine Faust aus Metall ersetzt worden –

UBA
CUBA
ROCK
LOBSTER

was vermutlich der Grund dafür war, weshalb man ihn den Eisernen Jake nannte, obwohl die Faust kaum aus echtem Eisen sein konnte, weil sie sonst sicher eine Tonne gewogen hätte. Jakes von Falten durchzogenes Gesicht war vom Wetter gegerbt und in seinem Haar glitzerten silberne Strähnen. Sein Alter war schwer zu schätzen, er hätte alles zwischen vierzig und hundert sein können. So wie er sich bewegte, schlussfolgerte ich, dass er wahrscheinlich auch nur ein Bein hatte. Und als wäre das nicht genug, trug er über dem rechten Auge eine Klappe. Das andere Auge war tiefblau, glitzerte hell, musterte uns eingehend und kam offensichtlich recht schnell zu einem Ergebnis.

Echt jetzt?, dachte ich. *Mehr Klischee ging nicht, oder?*

»Ich würd euch ja anbieten, mit mir ’ne Buddel voll Rum zu teilen«, knurrte der Eiserne Jake, »aber ich seh schon, ihr habt noch nich das richtige Alter.«

»Danke, wir haben keinen Durst, Mr Jake«, sagte Henry.

»Jake reicht«, erwiderte unser Gastgeber. »Setzt euch, Jungens.«

George kehrte diskret zum Wagen zurück, der zu meiner Erleichterung nah genug parkte, damit er ein Auge auf uns haben konnte, ohne lauschen zu müssen. Wir hockten Seite an Seite auf einer uralten, ramponierten Strandliege, während der Eiserne Jake einen Flachmann mit einem stark riechenden Getränk (wahrscheinlich Rum) zückte und sich einen großzügigen Schluck gönnte. Dann ließ er sich vorsichtig in seinen Sessel sinken und fasste uns in sein hellblaues Auge.

»Also was kann ich für euch tun, Jungens?«

Henry umriss knapp die Gründe, weshalb wir in der Karibik waren. Als er vom Verschwinden der Stevens und von Charlies Beobachtung berichtete, hielt Jake seine Hand hoch.

»Warte mal«, unterbrach er Henry. »Du sagst, die vermissten Leute heißen Stevens? Großer Kerl mit rotem Haar, dieser Stevens?«

»Ja«, antwortete Henry.

»Aye. An den erinner ich mich«, meinte Jake nachdenklich. »Kam her und wollte Hilfe bei 'ner Schatzsuche. War nicht grade froh, als ich ihm klar machte, dass er Leine ziehn soll!«

»Dann müssen Sie derjenige sein, der Streit mit Mr Stevens hatte, bevor er mit seiner Frau an Bord der *Spinnaker* ging – Charlie hat uns davon erzählt.«

»Aye, das war ich wohl«, pflichtete Jake bei. »Ist 'ne kleine Welt, wie's so schön heißt.«

Er nippte ein zweites Mal an seinem Flachmann und beugte sich dann mit glitzerndem Auge vor.

»Dieses Bürschchen behauptet also, er hat ein schwarzes Schiff voller Löcher gesehen, das die Totenkopfflagge gehisst hatte, ja?«

Henry nickte. »Er hat außerdem erzählt, dass er komische Leute an Deck beobachtet hat, doch Käpt'n Trueblood …«

Der Eiserne Jake schnaubte abfällig. »*Käpt'n*, hör ich richtig? Trueblood is alles andere als 'n Käpt'n. 'ne lausige Landratte isser!« (Ich habe darüber nachgedacht, für euch eine Liste mit all den komischen Ausdrücken anzulegen, die Jake so verwendet hat. Aber ich glaube, ihr bekommt auch so einen Eindruck von unserem Informanten.)

»Er schien sich ehrlich Sorgen um Mr und Mrs Stevens zu machen.«

»Sorgen mag er sich schon machen«, grunzte der Eiserne Jake. »Aber wahrscheinlich eher um sich selbst! Der hat doch nur eins im Kopp, schon seit über zehn Jahren!«

»Und das wäre?«, hakte Henry nach.

»Na das Schwert des Kolumbus, was sonst? Weißt du denn gar nix?«

Die Vorstellung, dass ausgerechnet Henry von gar nichts wüsste, fand ich witzig, trotzdem verkniff ich mir zu lachen. Henrys Ohren färbten sich einen Hauch rot und er lehnte sich auf seinem Sitz nach vorne.

»Selbstverständlich weiß ich von dem Schwert, nur nicht, dass Käpt'n Trueblood danach sucht.«

»Schon 'ne ganze Weile geht er allen möglichen Spuren in diesen Gewässern nach«, berichtete Jake und nahm einen weiteren Schluck Rum. »Die meisten Leute geben allerdings nich viel auf ihn und das, was er so treibt. Is schon mehr als einmal sinnlos in See gestochen.«

»Ich dachte immer, das Schwert des Kolumbus sei irgendwo in Amerika«, sagte Henry.

Jake schüttelte den Kopf. »Man munkelt, einer seiner Kapitänleutnants hat es hier hergebracht.

Einige behaupten sogar, Käpt'n Teach habe es 'ne Weile lang besessen.«

»Blackbeard!«, stieß Henry aus.

Das löste beim Eisernen Jake eine unerwartete Reaktion aus. Er fuhr zur Hälfte aus seinem Sessel und zeigte anklagend mit dem Finger auf Henry.

»Hier bei uns benutzen wir diesen Namen nich!«, schnappte er. »Das bringt Unglück!«

Als es Henry vorübergehend die Sprache verschlug, nutzte ich die Gelegenheit.

»Reden wir hier von *dem* Kolumbus ... also dem, der Amerika entdeckt hat?«, wollte ich wissen.

»Keiner kann mit Gewissheit sagen, ob er tatsächlich der Erste war«, warf Henry wie auf Kommando ein, wie immer froh darüber, andere an seinem gigantischen Wissen teilhaben zu lassen. »Manche Menschen glauben, der Erste sei ein Mann namens Henry Sinclair gewesen – der sogar einer meiner Vorfahren sein könnte, verwandt mit den Hunters.

Aber ja, wir reden von Christoph Kolumbus. Als er starb, verschwand sein Schwert, das eine außergewöhnliche Klinge gewesen sein soll, spurlos. Seitdem sucht man danach.«

»Aye«, stimmte der Eiserne Jake grimmig zu. »So wie dieser Trueblood.«

»Wie kommen Sie darauf, dass er etwas mit dem Verschwinden der Stevens zu tun haben könnte?«, wollte Henry wissen.

»Hab ich nie gesagt«, murrte Jake. »Möglich, dass es rein gar nix mit dem Burschen zu tun hat, mein ich.«

»Und was glauben Sie, was passiert ist?«, wollte ich wissen.

Der Eiserne Jake richtete sein gesundes Auge auf mich. Zum ersten Mal seit unserer Ankunft schien er um eine Antwort verlegen. Endlich ließ er sich in seinem knarzenden Sessel zurücksinken und heftete den Blick auf das Vordach der Veranda.

»Hab 'nen Arm und 'n Bein an 'nen Haifisch verloren, da draußen auf See«, sagte er schließlich. »Bin bei Sturm über Bord gegangen. Einen Tag und eine Nacht lang bin ich auf dem Meer getrieben, bis mich jemand aufgelesen hat. Musste mit bloßen Händen gegen den Hai kämpfen. Danach hatt ich ’n paar Wahnvorstellungen, aber ich weiß trotzdem genau, was ich gesehen hab …«

Ich konnte ein Schaudern nicht unterdrücken, als ich mir das Ganze vorstellte: Jake, minus ein Bein und einen Arm, der auf stürmischer See gegen einen Hai kämpfte. Doch wie üblich war Henry nur an den Fakten interessiert.

»Was haben Sie gesehen, Sir?«

Jake machte einen komischen Laut, den ich erst nach einem Moment als Lachen erkannte.

»*Sir* hat mich schon lang keiner mehr genannt, Jungchen.«

Dann wurde er wieder ernst und senkte die Stimme, bis wir die Ohren spitzen mussten, um ihn zu verstehen.

»Na ein Schiff hab ich gesehn, nich? Ganz schwarz, mit gehisster Totenkopfflagge. Und hab gleichzeitig durch das gute Stück durchschaun können, als ob es voller Löcher war. Direkt an mir vorbeigesegelt is es, und ich hab noch laut geschrien, damit sie mich an Bord nehmen. Was bin ich heute froh, dass sie's nich gemacht haben ...«

Er fixierte uns mit seinem blauen Auge. »Beim Klabautermann, Jungens, was ich in jener Nacht erlebt hab, werd ich mein Lebtag nich vergessen! Als das Schiff an mir vorbeisegelte – so still wie ein Grab und schnell wie der Wind –, da hat mich einer über die Reling direkt angeschaut! Groß, dunkel und böse war er ... Was bin ich froh, dass ich nich an Bord von diesem Schiff geholt wurde! Wär sonst wahrscheinlich nich mehr hier.«

»Wen haben Sie gesehen?«, fragte Henry, als deutlich wurde, dass der Eiserne Jake von allein nicht weitererzählen würde.

»Kann ich nich sagen«, murmelte er. »Das Unglück, schätze ich. Jedenfalls war es kein Lebender, das steht fest.«

Auf einmal schien die warme Nachtluft kälter zu werden und die Stimmen der Nachtschwärmer weiter unten am Kai verstummten beinahe völlig. Ein Windstoß wehte durch die Palmen am Strand und der Rhythmus der Wellen schien ins Stocken zu geraten.

»Sir … Jake, meine ich«, setzte Henry an. »Falls jemand mehr über dieses Schiff herausfinden wollte, oder darüber, was Mr und Mrs Stevens zugestoßen ist, wie würde er das am besten angehen?«

Der Eiserne Jake schwieg so lange, dass ich schon den Verdacht hegte, er wäre eingenickt. Doch dann seufzte er. »Ihr bräuchtet euer eigenes Boot, mit 'ner guten, kräftigen Crew und 'nem Käpt'n, der sich in den Gewässern hier gut auskennt.«

»Irgendeine Idee, wo ich so jemanden auftreiben könnte?«, wollte Henry wissen.

Jake lehnte sich erneut in seinem Sessel zurück und schloss das gesunde Auge. »Wenn du's wirklich ernst meinst, Jungchen, kannst du mein eigenes Schiff samt Mannschaft anheuern. Wird aber nich billig. Und für eure Sicherheit leg ich nich die Hand ins Feuer.«

»Klingt perfekt«, antwortete Henry, ganz wie ich erwartet hatte. Als er aufstand, machte er den Eindruck, als würde er dem Eisernen Jake wieder die Hand reichen wollen, bevor er es sich anders überlegte.

»Wann und wo können wir aufbrechen?«, fragte er stattdessen.

»Kommt in zwei Tagen zum Kai«, antwortete der Eiserne Jake. »Haltet Ausschau nach Anleger zwölf. Ich treff euch da.«

Auf der Heimfahrt hatte keiner von uns viel zu sagen, außer dass Henry George versicherte, dass das Treffen »äußerst nützlich« gewesen war. »Danke, George.«

Als wir am Hotel aus dem Wagen stiegen, hörte ich, wie Henry Anweisungen gab, Geld (und zwar eine ganze Menge!) vom Firmenkonto abzuheben. Falls George das überraschend fand, ließ er es sich jedenfalls nicht anmerken. Ich dagegen machte mir ernsthaft Sorgen. Sobald wir unsere Zimmer erreicht hatten, folgte ich Henry in seins.

»Bist du dir bei der Sache auch wirklich sicher, Henry?«, wollte ich wissen. »Ich meine … Wir wissen über den Kerl doch gar nichts. Und wenn du mich fragst, ist er ein bisschen komisch … Was, wenn er das Geld nimmt und uns dann über Bord schmeißt, sobald wir auf dem Meer sind?«

»Ich glaube, ich kann Menschen ganz gut einschätzen, Dolf«, entgegnete Henry. »Außerdem: Mit wem würdest du lieber in See stechen, mit dem Eisernen Jake oder Käpt'n Trueblood?«

Streng genommen wollte ich mit keinem von beiden segeln, aber ich kapierte schon, worauf er hinauswollte.

Henry warf sich auf sein Bett. »Der Eiserne Jake mag eigenartig sein, wie du richtig bemerkt hast, aber ich halte ihn für eine ehrliche Haut. Und abgesehen davon«, er grinste, »wie sonst sollen wir dieses Geisterschiff finden?«

Nachdem ich mir mit einiger Überwindung verkniffen hatte, anzumerken, wie sehr ich mir wünschte, dieses Geisterschiff *nicht* zu finden, zuckte ich mit den Schultern.

»Ich sag dir eins«, fuhr Henry fort. »Lieber vertraue ich Jake als Käpt'n Trueblood. Falls Trueblood wirklich seit zehn Jahren nach dem Schwert des Kolumbus sucht, ist er ein Fanatiker. Und mit Fanatikern ist nie gut Kirschen essen …«

»Ich verstehe nicht, wie das alles zusammenpasst«, sagte ich.

»Ich auch nicht – noch nicht«, erwiderte Henry. »Obwohl ich allmählich ein, zwei Ideen dazu habe.«

Heiliger Klabautermann!

Den Großteil des nächsten Tages verbrachten wir damit, Bridgetown wie normale Touristen zu erkunden. Es war Henrys Vorschlag gewesen, und mir schwante, dass er insgeheim die Gelegenheit nutzen wollte, um mit einigen der Ortsansässigen zu plaudern, oder vielleicht auch, um festzustellen, ob wir verfolgt wurden. Jedenfalls machte er eine große Show daraus, auf dem Marktplatz Geld auszugeben. Eins ist sicher, Barbados ist super zum Urlaub machen – zumindest solange man nicht entführt wird oder nach jemandem sucht, der entführt wurde. Ein oder zwei Mal hatte ich tatsächlich das Gefühl, dass uns jemand hinterherspionierte, aber als ich Henry von meinem Verdacht erzählte, tat er es gelassen ab und meinte, ich würde mir alles nur einbilden.

Am zweiten Tag machten wir uns auf den Weg zum Kai und hielten nach Anlegeplatz Nummer zwölf Ausschau. Dort fanden wir einen Schlepper, der schon bessere Tage gesehen hatte. Er gehörte zu der Sorte (wie mir Henry erklärte), mit denen man früher die großen Ozeanriesen in den Hafen gezogen hatte. Heutzutage sieht man laut Henry aber nur noch selten welche. Dieses spezielle Exemplar erweckte auf jeden Fall den Eindruck, als hätte man es schon vor Urzeiten für ausgestorben erklären sollen!

Der Name am Bug lautete *Moby Dick*, auch wenn mir schleierhaft war, warum man ein Schiff ausgerechnet

nach einem riesigen und gefährlichen weißen Wal taufen sollte.

Der Eiserne Jake wartete an der Kaimauer auf uns, wo er eine stinkende Pfeife schmauchte und mit finsterem Blick die Möwen betrachtete, die über uns ihre Kreise zogen und laut kreischten, weil sie vermutlich glaubten: Schiff + Menschen = Futter.

»Ihr wollt also immer noch lossegeln und Geister suchen, ja?«, empfing er uns.

Henry nickte.

»Dann kommt ihr wohl besser an Bord.« Trotz seines künstlichen Beins – das genau wie seine falsche Faust aus Blech, nicht aus Eisen bestand, wie ich später erfuhr – wirkten scinc Schritte auf dem Schlepper sicher. Während er uns in das kleine, kasten-

artige Steuerhaus führte, stellte er uns Joe vor, einen großen, schweigsamen Mann, der nie lächelte und Muskeln hatte, wie man sie sonst nur bei Wettbewerben für den Titel »Stärkster Mann der Welt« zu sehen bekam. Joe war quasi die komplette Crew: Techniker, Erster Maat und Mädchen für alles. Ohne ihn würde die *Moby* nirgendwohin fahren, wie man uns versicherte. Solange wir auf dem Schlepper waren, erlebte ich nur ein einziges Mal, dass er den Mund aufmachte, und zwar, um eine Warnung zu brüllen, als … Na ja, das erfahrt ihr noch früh genug.

Henry jedenfalls war von dem robusten kleinen Schiff hellauf begeistert, obwohl der Motor eine ölige schwarze Rauchwolke ausspuckte, als Joe ihn startete. Henry öffnete seinen Rucksack und übergab Jake einen dicken Umschlag voll Geld, der schlagartig in einer der riesigen Jackentaschen des einäugigen Mannes verschwand. Dann legten wir ab und verließen den Hafen in Richtung offener See.

Zum Glück hatten weder HH noch ich mit Seekrankheit zu kämpfen. Allerdings war das Wasser sowieso unfassbar ruhig. Während Henry und der Eiserne Jake im Ruderhaus Karten studierten, spähte ich über die Reling in die klaren blauen Fluten unter mir und konnte mir nur schwer vorstellen, in dieser herrlichen Kulisse etwas auch nur annähernd Gefährliches anzutreffen.

Was nur mal wieder zeigt, wie sehr man sich täuschen kann.

Wir setzten Kurs gegen Westen, passierten die Inseln St. Lucia und St. Vincent und stachen ins

Karibische Meer. Henry hatte die exakten Koordinaten der Stelle besorgt, an der die *Spinnaker* auf das gestoßen war, worauf auch immer sie gestoßen war – und genau das war unser Ziel. Da uns einige Stunden Fahrt bevorstanden – die *Moby Dick* war nicht gerade das schnellste Schiff unter der Sonne –, vertrieben wir uns die Zeit, indem wir Schwärme von winzigen Fischen beobachteten, die gemeinsam hierhin und dorthin zischten, den Rumpf des Schleppers umkreisten, kehrt machten und den Kurs änderten, als teilten sie alle dasselbe Gehirn.

Die meiste Zeit über war das Wasser klar wie Glas, sodass wir tief unter uns den sandigen Grund erkennen konnten. Mehrmals kamen wir an Gebilden vorbei, die eindeutig Wracks waren, und schnell wurde mir klar, dass die in diesen Gewässern nicht

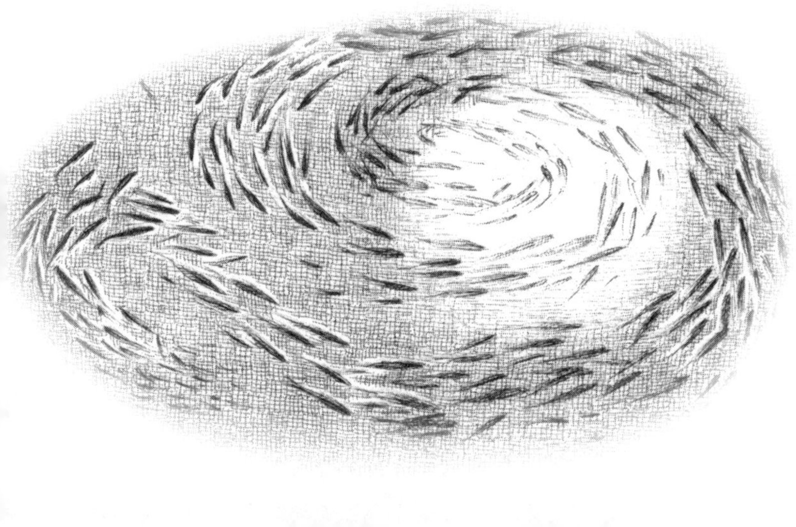

gerade selten vorkamen. Nach den ersten Sichtungen hörte ich irgendwann auch auf, mich zum Affen zu machen und jedes Mal »Guck mal, ein Wrack!« zu rufen.

Ungefähr drei Stunden, nachdem wir Bridgetown verlassen hatten, lichteten wir den Anker und das gleichmäßige *Tuck-Tuck* von *Mobys* Motor geriet ins Stocken, bis es schließlich ganz verstummte. Die Stille war überwältigend. Nur die Rufe der endlos kreisenden Möwen und das Platschen der Wellen, die gegen den Rumpf schlugen, waren zu hören. Aus irgendeinem Grund wollte keiner von uns lauter als in einem gedämpften Murmelton sprechen.

»Hier ist die Stelle, präziser wird's nich mehr«, teilte der Eiserne Jake uns mit. »Schon irgendwelche Gespenster gesichtet?«

Erst dachte ich, er würde sich über uns lustig machen, aber er verzog keine Miene und sein waches

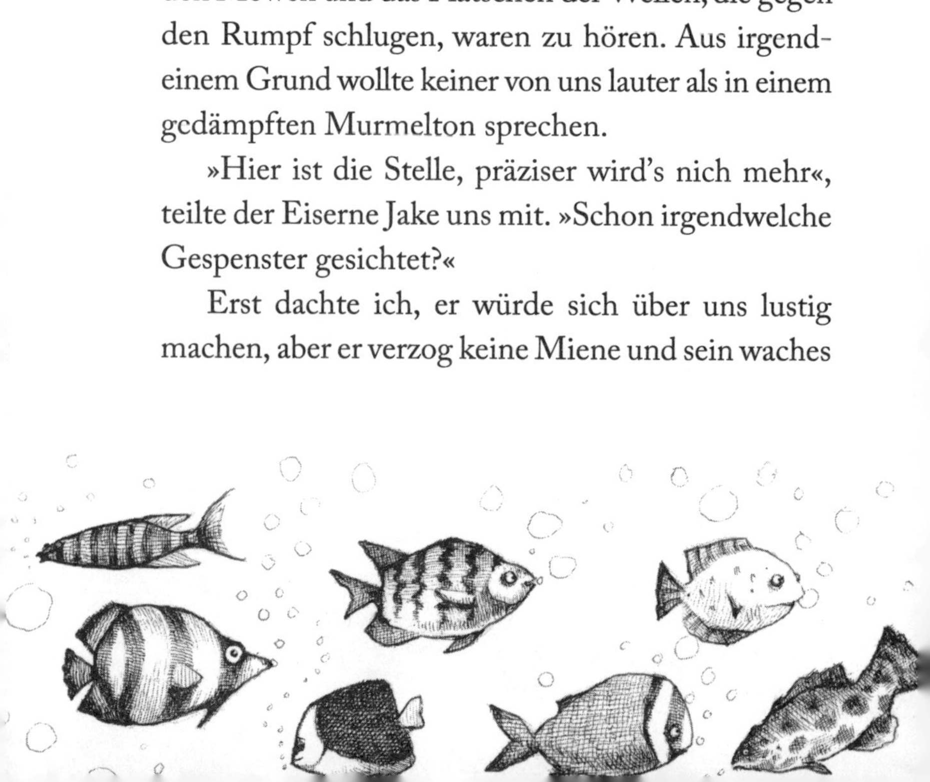

Auge glitt ständig von einer Seite zur anderen, als hielte er nach etwas Ungewöhnlichem Ausschau.

So weit man sehen konnte, war der Himmel strahlend blau, abgesehen von einigen wenigen flauschigen Wolken, die faul über uns hinwegzogen.

Also warteten wir ab. Und warteten.

Einmal erspähten wir am Horizont ein Segel, doch als Henry aus seinem Rucksack seinen leistungsstarken Feldstecher zog und sich die Sache näher besah, entpuppte es sich als Ein-Mann-Segler, der rein gar nichts Geisterhaftes an sich hatte.

Worauf genau wir warteten, war mir selbst nicht ganz klar, denn was die Existenz von Schiffen voller Löcher und gieriger Gespenstertentakel anging, hatte ich meine Zweifel. Andererseits, wenn man mit Henry Hunter auf Reisen geht, kann man nie wissen. Zum Glück hatte ich daran gedacht, ein paar Flaschen eines leuchtfarbenen Getränks einzupacken, das hauptsächlich aus Ananassaft bestand

und überall am Hafen verkauft wurde. Eine nach der anderen öffnete ich.

Ab wann der Ozean auf einmal nicht mehr leer war, kann ich gar nicht sagen. Nur, dass wir im einen Augenblick träge ins Leere starrten und im nächsten eine Nebelbank über dem Wasser entdeckten, die sich rasend schnell ausbreitete. Henry bemerkte sie zuerst und richtete sein Fernglas darauf. Nach einer kurzen Weile senkte er es mit verdattertem Blick.

»Was siehst du, Dolf?«, fragte er mich.

»Äh … Nebel?«, antwortete ich und überlegte, ob das eine Fangfrage sein sollte.

»Dasselbe sichte ich auch«, sagte Henry. »Aber wenn ich durch den Feldstecher schaue, sehe ich nichts, außer Meer und Himmel …«

»Du meinst, so wie Charlie es beschrieben hat?«

Henry nickte.

Da haben wir den Salat, dachte ich.

Fünf Minuten später war die Nebelwand bedrohlich nahe gekommen, außerdem war sie inzwischen eher grau statt weiß und wogte und waberte, als würde sie von einem kräftigen Sturm vorangetrieben.

Irgendwie komisch, denn es war absolut windstill.

Dann erhaschte ich einen Blick auf etwas *in* der Wolke. Etwas Großes, Dunkles. Henry hatte es ebenfalls bemerkt und stieß mich wortlos mit dem Ellbogen an. Offensichtlich hatte der Eiserne Jake es auch gesehen, jedenfalls verließ er die Brücke und gesellte sich zu uns an den Bug.

»Kann nich sagen, dass mir das gefällt«, murrte er.

Insgeheim konnte ich nicht anders, als ihm zuzustimmen. Nur Henry sah aus wie einer dieser Jagdhunde, die ihre Beute gewittert haben und die Nase in die entsprechende Richtung strecken – *Henrys* Nase zeigte direkt auf die Erscheinung.

»Das könnte es sein«, murmelte er. »Gleich finden wir heraus, was wirklich mit Charlies Mum und Dad geschehen ist. Komm mit, Dolf – Zeit, der Wahrheit auf den Grund zu gehen!«

Wollen wir das echt?, dachte ich, aber mir war ja selbst klar, dass wir aus genau diesem Grund hergekommen waren, und nun gab es kein Zurück mehr.

Schließlich teilte sich der Nebel und gab den Blick frei auf das, was sich im Innern befand. Es war

genau, wie Charlie es uns beschrieben hatte: ein altmodisches Segelschiff mit schwarzen Segeln und einer Totenkopfflagge, die am Hauptmast flatterte. Auch die Löcher im Rumpf waren exakt so, wie Charlie berichtet hatte, einige davon groß genug, dass man auf das Wasser auf der anderen Seite spähen konnte.

Urplötzlich war die ruhige See alles andere als ruhig. Eben noch zuckelten wir über das spiegelglatte Meer, schon wurde die *Moby Dick* von tosenden Wellen, die aus dem Nichts gekommen zu sein schienen, wild hin- und hergeschaukelt.

Alles spielte sich so schnell ab, dass wir davon eiskalt erwischt wurden, sogar Jake. Er stolperte zur Seite und konnte sich gerade noch rechtzeitig fangen, indem er sich mit der guten Hand an der Reling festklammerte, sonst wäre er über Bord gegangen. Im selben Moment stieß Joe den einzigen Laut aus, den ich seit Bridgetown von ihm gehört hatte.

»Achtung!«

Als Henry und ich uns zum Steuerhaus umdrehten, begriffen wir, was er meinte: Eine gigantische Wand aus Wasser schoss wie ein Schnellzug auf uns zu.

Uns blieb gerade genug Zeit, um uns am nächstbesten Halt festzuklammern und möglichst nicht mehr loszulassen. Wie ein Rammbock prallte die Woge gegen die *Moby Dick,* sodass der kleine Schlepper buchstäblich aus dem Meer gehoben wurde. Ich sah noch, wie der Eiserne Jake mit vor Schreck aufgerissenem Mund über die Brüstung gerissen wurde und verschwand. Noch bevor ich wusste, wie mir geschah, flog ich selbst durch die Luft, gepackt vom eisigen Griff der Welle.

Gerade als ich inständig wünschte, ich hätte damals im Schwimmunterricht besser aufgepasst, wurde alles noch schlimmer. Ein dünner, gleißend heller Lichtstrahl durchschnitt den Nebel und wickelte sich um meinen Oberkörper, der mir das letzte bisschen Luft, das mir noch geblieben war, abschnürte.

Ich wirbelte durch das kalte Wasser, bis ich ohne Vorwarnung mitten in der Luft anhielt. Das Wort »Tentakel« schoss mir durch den Kopf, dann habe ich wohl geschrien.

Bis ich hart gegen etwas prallte.

Ich wollte mich aufsetztten, bereute es aber schon im selben Augenblick. Mein Kopf fing an zu schwirren und vor meinen Augen blitzten Sternchen auf. Ich erhaschte einen Blick auf Henry, der wenige Meter von mir entfernt lag, und begriff, dass wir beide uns an Bord eines Schiffs befanden, allerdings war es nicht die *Moby Dick*. Dieses Boot war aus groben dunklen Bohlen gefertigt, die ganz schön mitgenommen und verbogen waren, beinahe als wären sie schon seit Ewigkeiten der launischen See ausgesetzt.

Ich war noch dabei zu verarbeiten, an welchem schrecklichen Ort wir gelandet waren, als ein Paar Füße in hohen schwarzen Stiefeln Zentimeter vor meinem Gesicht auftauchten. Als ich versuchte, den Kopf zu heben, um mir den dazugehörigen Besitzer anzuschauen, wurde mir wieder schwindelig. Das Letzte, woran ich mich erinnern kann, bevor alles um mich herum schwarz wurde, war eine kalte Stimme.

Moby

»Was haben wir denn da?«, fragte sie. Während ich bewusstlos wurde, hatte ich noch Zeit, zu denken: *Die Stimme kenn ich doch.*

Ich hatte sie schon einmal gehört …

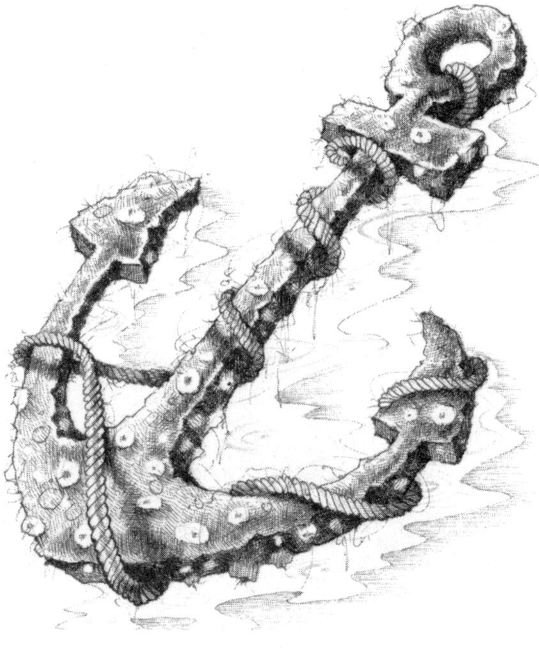

Verfluchte Piraten

Als ich aufwachte, baumelte ich an einer mächtigen Pranke in der Luft, die mich am Kragen gepackt hielt.

Unerhofft starrte ich in zwei kalte, blutunterlaufene Augen, über denen gewaltige, buschige Brauen und eine gerunzelte Stirn hingen. Das übrige Gesicht war fast vollständig von dickem Haar bedeckt, durch das ich hie und da dunkle sonnengebräunte, ledrige Haut entdeckte. Auf dem Kopf des Mannes prangte ein großer Hut, an dem Federn steckten. Als ich den Blick senkte, streifte er einen roten Mantel und eine weite, dunkle Hose. Mein Gegenüber sah aus wie die Hauptfigur aus einem Piratenfilm, nur leider viel,

viel realer. Mir schwirrte der Kopf noch immer zu sehr, um klar denken zu können, trotzdem wurde ich das Gefühl nicht los, dass ich diesen Piraten von irgendwoher kannte …

Seine hartherzigen Augen musterten mich, bis die gewaltige Hand mich endlich fallen ließ, und ich wie ein Sack Kartoffeln auf das Deck plumpste.

»Wird schon gehen«, sagte die kalte, tote Stimme. »Bring sie nach unten, Caraway.«

Noch einmal machte ich Anstalten, mich aufzusetzen. Als mein Kopf sich endlich nicht mehr anfühlte, als wäre er zwei Nummern zu groß, bemerkte ich etwa zwölf Männer, die um uns herumstanden. Sie alle waren wie Statisten für einen Piratenfilm ausstaffiert: mit gestreiften Hemden, Pistolen und Entermessern, die an

ihren Gürteln hingen. Da allerdings hörte die Ähnlichkeit auch schon auf. Zum Beispiel wirkten diese Piraten hier äußerst echt und alles andere als fröhlich. Doch das Merkwürdigste an ihnen war ihre Haut, die gräulich und stumpf war, beinahe als wären sie einem alten Schwarz-Weiß-Film entsprungen.

Ein besonders fies aussehender Kerl mit einer riesigen Narbe, die von der Augenbraue bis zum Kinn quer über sein Gesicht verlief, kam auf uns zu, was mich vermuten ließ, dass es sich dabei um Caraway handelte. Neben ihm trottete ein kleiner drahtiger Typ.

Ich runzelte die Stirn. Etwas an der Art, wie sie sich bewegten, war komisch. Sie schienen regelrecht zu gleiten und verursachten auf den Schiffsbohlen keinen einzigen Laut.

Caraway trug einen Goldring im Ohr; die Arme des kleineren Typen waren von oben bis unten mit Tätowierungen übersät, während sein Gesicht voller Pockennarben war. Caraway warf sich Henry über die Schulter, als wäre er nicht schwerer als eine Feder, und der andere machte es mit mir ähnlich.

So entsetzt ich auch war, ich traute mich nicht einmal zu schreien – ich hatte viel zu große Angst. Sie schleppten uns in die Tiefen des Schiffs hinab und warfen uns in einen kleinen Käfig, der kaum mehr als zwei Meter hoch und breit gewesen sein konnte.

Nicht nur, dass unser Gefängnis mickrig war, es roch auch nicht sonderlich gut – wie Fisch, der zu lange in der Sonne gelegen hat, irgendwie feucht und gleichzeitig widerlich süß. Außerdem war es dort unten ziemlich dunkel, trotz der großen Löcher in den Schiffsflanken. Das Problem war nämlich, dass es nicht viel Licht gab, das durch sie hätte durchscheinen können. Vielmehr hatte man den Eindruck, als würde das Schiff seine eigene dunkle Wolke mit sich herumziehen. Lag das an dem Nebel, den wir gesehen hatten?

Mein Kopf wollte einfach nicht zu pochen aufhören, und als ich wieder einmal versuchte, mich hinzusetzen, fing alles um mich herum zu tanzen an. Dann hörte ich Henrys Stimme.

»An deiner Stelle würde ich mich nicht bewegen, Dolf«, flüsterte er.

»Wo sind wir, Henry, und wer waren diese Typen?«, brachte ich heraus, obwohl meine Zunge sich anfühlte, als wäre sie um einiges zu groß für meinen Mund.

»Ich würde darauf tippen, dass wir an Bord des Geisterschiffs sind – du hast ihn doch wiedererkannt, nicht?«

»Wen wiedererkannt?«

»Ach, komm schon, Dolf – das war Blackbeard!«

»Black...« Ich unterbrach mich selbst, als mir klar wurde, dass ich den Namen beinahe gebrüllt hätte. Als ich erneut ansetzte, wisperte ich: »Blackbeard ... Du meinst den Kerl mit den Lunten im Haar, der aus dem Museum?«

»Genau den«, antwortete Henry – viel zu fröhlich für meinen Geschmack.

»Aber das heißt ...«

»Exakt. Er ist tot. Oder zumindest sollte er das sein.«

»Aber ...« Plötzlich wusste ich nicht mehr, was ich hatte sagen wollen. Die Worte wollten mir einfach nicht über die Lippen kommen.

Das übernahm Henry für mich.

»Das heißt, er ist ein Geist. Was kaum überraschend ist, wenn man darüber nachdenkt ... Immerhin befinden wir uns auf einem Geisterschiff.«

»Wie sind wir hier gelandet?«

»Soweit ich feststellen kann, wurden wir von einer Art merkwürdigem Tentakel erfasst und auf das Schiff gezogen.«

»W...was meinst du, woher der kommt?«, fragte ich zittrig. »Haben die unter Deck irgendein Monster versteckt?«

»Das glaube ich nicht«, antwortete Henry. »Ich habe mir über diese Frage bereits den Kopf zerbrochen und bin zu dem Schluss gekommen, dass es Ektoplasma sein muss, das mit dem Schiff verbunden ist.«

»Ekto-was?« Ich verstand nur Bahnhof.

»Ektoplasma«, wiederholte Henry. »Das ist die Masse, aus der Geister bestehen sollen, wenn sie in unserer Welt Gestalt annehmen.«

»Wirken die Piraten deshalb so ... na ja ... fest? Ich dachte immer, Geister wären irgendwie durchsichtig oder wabernd, sodass man mit der Hand durchfassen kann.«

»Nicht unbedingt«, entgegnete Henry. »Ich habe von Geistern gelesen, die vollständig feste Körper haben. Sollte ich mit meiner Vermutung recht haben, trifft dies wahrscheinlich auf das gesamte Schiff zu.«

»Es liegt daran, dass es keine echten Geister sind«, ertönte die Stimme eines Manns aus dem Schatten. Henry und ich zuckten vor Schreck zusammen. Als wir angestrengt in die Dunkelheit spähten, entdeckten wir einen zweiten Käfig, nur wenige Meter von

unserem entfernt. Darin kauerten zwei Menschen. Mehr als das konnte ich nicht ausmachen, doch Henry schien es zu genügen.

»Mr Stevens?«, fragte er aufgeregt.

»Wer seid ihr?«, fragte die Stimme, auf einmal schrill.

»Ich bin es, Henry Hunter. Ich bin hergekommen mit Dol…«

»Henry Hunter! Bist das wirklich du? Gracie, wach auf, Henry Hunter ist hier!«

Da regte sich die zweite Gestalt im Zwielicht und die zitternde Stimme einer Frau wurde laut: »Henry? Wie um alles in der Welt kommst du hierher? Charles … er ist doch nicht etwa bei dir, oder?«

»Keine Sorge, Mrs S.«, sagte Henry. »Er ist zu Hause bei Cousin Jack und in Sicherheit.«

»Gott sei Dank! Wie … wie seid ihr hier hergekommen?«, fragte Mrs Stevens.

»Vermutlich auf demselben Weg wie Sie«, antwortete Henry. »Im ersten Moment waren wir auf der *Moby Dick* … und dann hier.«

»*Moby Dick*?«, sagte Mr Stevens. »Ist das nicht der Schlepper vom Eisernen Jake?«

»Sie beide kennen sich, richtig?«, fragte Henry.

»Jeder, der in der Karibik nach Schätzen sucht, kennt Jake«, erklärte Mr Stevens. »Ich wollte, dass er mir hilft.« Ein hoffnungsvoller Unterton mischte sich in seine Stimme. »Ist er auch hier?«

Ich musste an den Moment denken, als ich Jake zuletzt gesehen hatte und er mit weit aufgerissenem Mund rückwärts von der *Moby Dick* stürzte.

»Im Augenblick leider nicht«, antwortete Henry, der ein ähnliches Bild vor Augen haben musste. »Wir wissen nicht genau, was mit ihm geschehen ist.«

»Oh«, entfuhr es Mr Stevens, auf einmal weit weniger fröhlich.

»Ihr habt uns noch immer nicht erzählt, was ihr hier macht«, meldete sich Mrs Stevens zu Wort.

»Nun, um genau zu sein, suchen wir nach Ihnen«, antwortete Henry. »Charlie konnte nicht glauben, dass Sie für immer verloren sind. Er hat uns um Hilfe gebeten und, nun ja … da wären wir.«

»Ihr seid zwei wirklich tapfere Jungen«, sagte Mrs Stevens. »Aber diese Angelegenheit ist viel zu gefährlich. Blackbeard …«

»Dann ist er es also wirklich?«, platzte ich heraus.

»Leider ja«, antwortete Mr Stevens. »Und der Rest der Piraten scheint seine Mannschaft von früher zu sein.«

»Und sie sind haargenau so schlimm wie in den Geschichten, die man sich über sie erzählt«, ergänzte seine Frau.

Das alles schien Henry nicht im Mindesten zu beeindrucken. Aufgeregt beugte er sich vor.

»Wenigstens wissen wir jetzt, warum jemand im Museum Blackbeards Todesdatum ausgekratzt hat«, stellte er mit leuchtenden Augen fest.

»Äh … und warum?«, wollte ich wissen, auch wenn ich mir dabei schon wieder wie ein Trottel vorkam.

»Weil der Besitzer des Museums weiß, dass Blackbeard nicht an dem Tag gestorben ist, von dem man im Allgemeinen ausgeht«, erklärte Henry. »Ich wette, der Besitzer ist Trueblood … und ich wette außerdem, dass er derjenige war, der den Schläger geschickt hat, um dich zu entführen, Dolf.«

»Aber warum sollte er denn für Blackbeard arbeiten?« Mir wollte kein Grund einfallen, warum jemand, der im Oberstübchen noch ganz sauber war, freiwillig so etwas machen sollte.

»Das weiß ich nicht«, erwiderte Henry. »Aber ich habe keinerlei Zweifel, dass wir es noch früh genug herausfinden.« Er betrachtete Charlies Dad. »Sie meinten, Blackbeard sei kein richtiger Geist – dass keiner der Piraten einer ist. Was meinen Sie damit?«

»Da sind wir selbst überfragt«, meinte Mr Stevens mit grimmiger Stimme. »Sie sind alle tot, andererseits auch wieder nicht – falls das irgendwie Sinn ergibt.«

Für mich ergab es das definitiv nicht, doch Henry war wie üblich sofort hellhörig geworden.

»Tot, aber auch nicht tot«, wiederholte er. »Wie kann das möglich sein? Es sei denn, sie sind Vampire … oder Zombies …«

Eine Weile sagte niemand etwas. Dann rückte Mr Stevens so weit wie möglich an die Stäbe seines Käfigs und flüsterte, sehr leise: »Vampire sind sie nicht, und auch gewiss keine Zombies. Wir glauben, es hat etwas mit einem Geschäft zu tun, das Blackbeard abgeschlossen hat.«

»Geschäft?« Henry stutzte. »Was für ein Geschäft?«

»Eines, das aus ihm den gefürchtetsten und erfolgreichsten Piraten aller Zeiten gemacht hat«, antwortete Mr Stevens.

»Ah-ha …«, machte Henry.

Mein Hirn lief auf Hochtouren, trotzdem kam ich nicht darauf, wovon sie redeten. Zum Glück bemerkte Henry meinen verwirrten Gesichtsausdruck.

»Weißt du noch, was ich dir im Museum gesagt habe?«, begann er. »Dass Blackbeard angeblich einen Pakt mit dem Teufel geschlossen hat?«

»Du meinst, das war in echt so?«

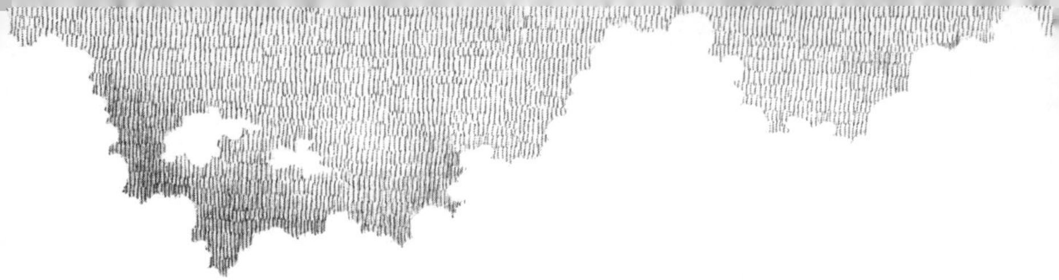

Nun war es Mrs Stevens, die antwortete. Der zitternde Unterton war in ihre Stimme zurückgekehrt. »Das glauben wir zumindest … Deshalb sind wir alle hier. Genau wie die anderen …«

»Wollen Sie damit sagen, dass es noch weitere Gefangene gibt?«, fragte Henry.

Ich sah, wie Mr Stevens in der Düsternis nickte.

»Wenigstens vier oder fünf«, sagte er. »Sie sind im vorderen Teil des Schiffs. Aber sie sind … nicht wie wir.«

»Was meinen Sie damit, nicht wie wir?« Henry lauschte gebannt.

»Es scheint, als wären sie betäubt, irgendwie benommen«, erklärte Mrs Stevens. »Sie waren schon da, als wir ankamen, und ich habe den Eindruck, je länger man auf dem Schiff ist, desto eher vergisst man, wer man einmal war …«

Wir alle verfielen in grüblerisches Schweigen, bis ich es nicht mehr aushielt. Etwas lastete mir schon die ganze Zeit auf der Seele und endlich brachte ich den Mut auf, nachzufragen: »Aber warum? Was hat er denn mit uns vor?«

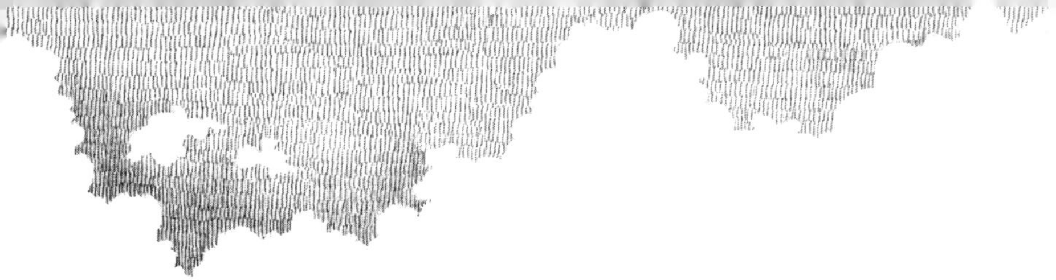

Weder Mr noch Mrs Stevens antworteten, und ich fühlte, wie es in meinem Nacken zu kribbeln anfing, als eine böse Vorahnung mit Spinnenfingern dort ein Tänzchen aufführte.

»Wir sind seine Arbeiter«, sagte Mr Stevens schließlich. »Er und seine Männer scheinen nur an Bord des Schiffs feste Körper zu haben. Sobald sie es verlassen, werden sie zu Gespenstern. Grauenhaft!«

Also darum hatten wir Blackbeards Schritte auf dem Deck der *Spinnaker* nicht gehört. Dass es sich bei dem Besucher um ihn gehandelt hatte, war mir bereits klar geworden. Der beißende Brandgeruch hatte bestimmt von den Lunten in seinem Bart gestammt.

Noch waren allerdings nicht alle meine Fragen beantwortet. »Und was heißt das, *seine Arbeiter*?«

»Erinnerst du dich an die Gesprächsfetzen, die du im Museum mitgehört hast?«, fiel Henry ein. »Von wegen, sie brauchen mehr Buddler?«

»Blackbeard ist immer noch ein Pirat, immer noch von derselben Gier nach Gold besessen, wie eh und je«, sagte Mrs Stevens. »Er sucht nach Schätzen – nach all den Schätzen, die seine alten Kumpanen vergraben haben. Und er braucht uns, um sie zu bergen.«

Ein Tänzchen auf der Planke

Da waren wir also: Gefangene des gefürchteten Blackbeard und seiner toten, bisweilen nicht so toten Mannschaft.

Einen Tag, nachdem wir auf das Geisterschiff geholt worden waren, fanden wir heraus, wie fies sie tatsächlich waren.

An jenem Morgen schleiften die Piraten nämlich Henry, mich, Charlies Mum und Dad an Deck, damit wir »etwas Bewegung bekamen«. Die bestand darin, immer wieder um den großen Hauptmast in der Mitte des Schiffs zu laufen. Außer uns gab es

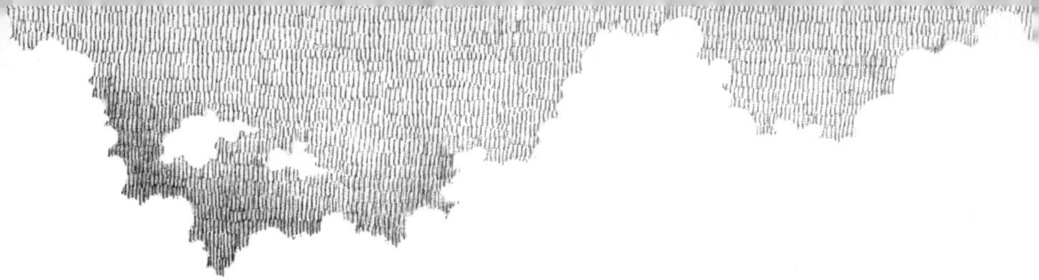

sechs weitere Gefangene, die sie aus dem vorderen Teil des Frachtraums geholt hatten. Genau wie die Stevens war einer nach dem anderen von ihnen von Bord der *Spinnaker* gekidnappt worden, und zwar von dem geheimnisvollen glühenden Fangarm, der, soweit wir feststellen konnten, zum Piratenschiff selbst gehörte. Unsere Mitgefangenen waren allesamt Erwachsene, und ihrer schmutzigen, zerrissenen Kleidung nach zu urteilen, waren sie schon weit länger als wir auf dem Geisterschiff. Nun verstand ich auch, was die Stevens mit ihrer Bemerkung gemeint hatten, denn diese Gefangenen schienen nicht zu begreifen, was ihnen zugestoßen war, und benahmen sich wie Zombies (nicht die Sorte, die Gehirne frisst, sondern die, die so belämmert in die Gegend glotzt, als wüsste sie nicht, wer oder was vor ihnen steht). Es war ziemlich offensichtlich, dass sie jede Hoffnung darauf, gerettet zu werden, längst aufgegeben hatten.

Abgesehen von einem.

Später erfuhren wir, dass sein Name Sirius Firestone lautete und er nur einen oder zwei Tage vor uns entführt worden war. Anders als die übrigen

Buddelsklaven im vorderen Kerkerraum war er alles andere als geneigt, sich mit seiner Lage abzufinden. Und es war an eben jenem Tag, an dem wir Runde um Runde um den Hauptmast trotteten, als wir zum ersten Mal seine laute Stimme hörten.

»Ich bin amerikanischer Staatsbürger!«, brüllte er. »Sie haben kein Recht, mich so zu behandeln! Wenn meine Regierung davon erfährt, wird man ein Rettungskommando schicken, um mich zu befreien, und glauben Sie mir, das wird Ihnen nicht gefallen!«

Mehrere Piraten kicherten höhnisch, während sie den großen Amerikaner in seinem einstmals tadellos weißen Anzug, der inzwischen reichlich zerknittert und voller Flecken war, herumschubsten. Sirius jedoch machte mit seinem Protest ungerührt weiter und schubste einen der Piraten zurück.

In diesem Moment tauchte Blackbeard auf. Obwohl Sirius beinahe so groß war wie er, packte der Piratenkapitän den Amerikaner am Kragen und hob ihn von den Füßen, genau, wie er es mit mir gemacht hatte. Nase an Nase mit Blackbeard, verstummte Sirius plötzlich und wurde ganz schlaff.

»Es reicht!«, knurrte Blackbeard, ließ ihn aufs Deck plumpsen und wandte sich schließlich uns allen zu. Der Blick seiner kalten Augen schweifte über die Gefangenen, während die Hand auf einer seiner Pistolen ruhte.

»Es ist an der Zeit, dass ihr faules Pack lernt, zu tun, was man euch sagt, sonst bekommt ihr die Folgen zu spüren!« Dann wandte er sich ab und murmelte zwei Männern aus seiner Crew etwas zu, bevor er sich wieder zu uns umdrehte. »Auf meinem Schiff dulde ich keine Meuterei. Wer den Befehl verweigert oder aufwiegelt, wird bestraft.«

Die beiden Piraten, mit denen er geredet hatte, packten den verdatterten Amerikaner und schoben ihn auf die Reling zu. Gleichzeitig holten einige ihrer Kameraden ein langes Holzbrett hervor, das sie mit einem Ende an Deck befestigten, während das andere aufs Meer hinausragte. Mit einem absolut miesen Gefühl im Bauch begriff ich, dass sie Sirius Firestone über die Planke schicken wollten!

Henry, der neben mir stand, schüttelte den Kopf. »Das ist seltsam.«

»Ganz schön gemein ist das«, sagte ich.

»Das auch«, meinte Henry. »Aber merkwürdig daran ist, dass Piraten fast nie jemanden über die Planke geschickt haben. Das ist gewissermaßen ein Märchen. Anscheinend haben sie zu viele Geschichten über sich selbst gehört.«

Alle sahen gebannt zu, wie die Piraten den Mann auf das Brett hoben und dann unter Gejohle und Gegröle dazu zwangen, darüberzulaufen, indem sie ihn mit ihren scharfen Entermessern piksten.

Die Lage war ziemlich düster, und es gab nichts, was HH oder ich hätten tun können. Blackbeard stand oben auf dem Poop-Deck (ja, so heißt das wirklich – HH hat mir erklärt, es befindet sich an der höchsten Stelle am Schiff), die gewaltigen Arme über seiner fassartigen Brust verschränkt, und blickte drohend auf uns herab. Über uns hingen reglos die zerfetzten Segel, obwohl das Schiff trotzdem im Sturmtempo durchs Wasser pflügte, angetrieben von einer unsichtbaren Kraft. Dabei knarzten die Bohlen jämmerlich, als ob das Schiff Schmerzen hätte.

Während der Amerikaner Schrittchen für Schrittchen über die Planke schlich, bog sie sich immer weiter durch – bis Sirius Firestone mit einem Schrei, dem eine Sekunde später ein lautes Platschen folgte, verschwand.

Die Piraten brachen in schallendes Gelächter und Applaus aus, während wir Übrigen stumm dastanden. Dann nickte Blackbeard, woraufhin der pockennarbige Pirat zu unserem Erstaunen ein Tau über die Reling warf. Wenig später wurde Sirius tropfnass und ganz schön kleinlaut zurück an Bord gezogen.

Blackbeard stierte uns drohend an. »Lasst euch Gesindel das eine Lehre sein!«, knurrte er. »Ich bin gnädig … diesmal. Aber das nächste Mal wird nicht lange gefackelt, bevor ich einen von euch auf den Grund des Meeres schicke!«

Danach wurden wir zurück in unsere verschiedenen Gefängnisse getrieben.

An diesem Abend brachte Caraway uns Teller mit äußerst unappetitlichem Essen: trockenes graues Brot (Schiffszwieback, wie Henry mir erklärte). Hätte man uns so was unter normalen Umständen angeboten, hätte ich es auf jeden Fall abgelehnt, aber in diesem Moment waren Henry und ich so hungrig, dass wir uns darüber hermachten wie über ein Stück der köstlichsten Käsekrusten-Pizza.

»Wenigstens lassen sie uns nicht verhungern«, stellte Henry fest, während er sich eine Handvoll von dem eklig aussehenden Zwieback in den Mund stopfte. Da hatte er vermutlich recht, nur leider schmeckte es dadurch auch nicht besser.

Das widerliche Brot lag wie ein Sack voll Steine im Magen, unser Käfig war winzig

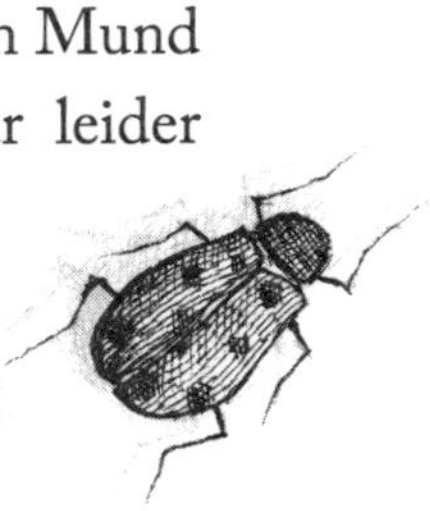

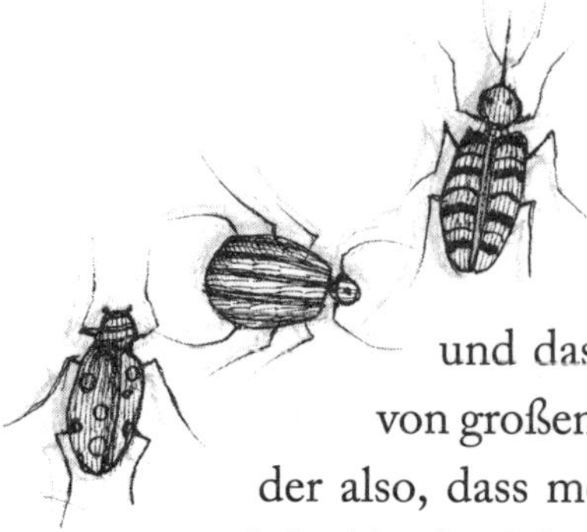

und das Stroh darin wimmelte nur so von großen schwarzen Käfern. Kein Wunder also, dass mein Schlaf nicht besonders gut ausfiel. Als die Müdigkeit mich schließlich übermannt hatte, träumte ich von Eisbechern und Hamburgern.

Blackbeards Gold

Die Stevens berichteten uns, dass Blackbeards Geisterschiff auf den Namen *Schicksals Wurd* getauft war. Henry erklärte uns, dass »Wurd« keine komische Abkürzung von »wurde« war oder so, sondern, dass es »Schicksal« bedeutete. Damit lautete der Name des Schiffs also »Schicksals Schicksal«, was meiner Ansicht nach völliger Blödsinn war, aber Henry brachte es zum Kichern – offensichtlich fand er es lustig.

Wie sich das Schiff überhaupt noch über dem Wasser halten konnte, blieb mir ein Rätsel. Überall war das Holz am Verrotten, von den riesigen Löchern, die wahrscheinlich von Kanonenkugeln stammten, mal ganz abgesehen. Die Segel bestanden zum Groß-

teil nur noch aus Fetzen und die Seile hingen schlaff wie gigantische Spinnweben von den Masten. Trotzdem segelte die *Schicksals Wurd* unaufhaltsam voran, schnell und zügig, eingehüllt von ihrer eigenen Sturmwolke. Vermutlich hieß das, dass niemand auf See uns sehen konnte – in jedem Fall brachte es mit sich, dass wir keine Ahnung hatten, wohin unser Kurs uns führte.

»Ich verstehe nicht, was uns vorm Untergehen bewahrt«, teilte Henry mir mit, während wir wieder einmal auf Deck unsere Runden drehten. »Zudem scheint alles solide – einschließlich der Crew – und das Schiff bewegt sich, obwohl es keinen Wind gibt und die Segel das reinste Trauerspiel sind. Es muss etwas geben, das die *Schicksals Wurd* gewissermaßen erhält.«

»Was ist mit diesem Pakt, den Blackbeard abgeschlossen hat – mit du weißt schon wem …?«

»Könnte durchaus eine Erklärung für alles sein«, stimmte Henry zu. »Ich hege jedoch den Verdacht, dass es sich um einen Fluch handelt …«

»Ein Fluch?«

»Mindestens die Hälfte der Gespenstergeschichten über Piraten haben mit einem Fluch zu tun«,

klärte Henry mich auf. »Üblicherweise ist der Auslöser dafür etwas, das sie gestohlen haben, etwas, in dem eine unbekannte Macht schlummert …«

»Dann ist also geheimnisvolles, verfluchtes Diebesgut an Bord?«, schlussfolgerte ich.

»Du sagst es!«, rief Henry begeistert. »Wir müssen nur herausfinden, was es ist.«

»Und wie?«, murmelte ich.

Henry begutachtete die Piraten, die an Deck herumlungerten, um uns im Auge zu behalten. Blackbeards Gestalt ragte mächtig und düster hinter dem Steuerrad auf, von wo aus er in den uns umgebenden Nebel starrte, als wäre er, zumindest für ihn, nicht da.

»Wir brauchen ein Ablenkungsmanöver«, sagte Henry. »Ich kümmere mich darum. Der Rest liegt in deinen Händen, Dolf … Sobald alle Mann in die andere Richtung sehen, versuchst du, in die Kapitänskajüte zu kommen. Such nach allem, was dir irgendwie ungewöhnlich vorkommt.«

Ich riss ungläubig die Augen auf – woher sollte ich wissen, was ungewöhnlich war und was nicht? Aber ich nickte nur, während ich überlegte, welche

Art von »Ablenkung« Henry wohl ausheckte, und hoffte, dass es eine gute war.

Schon bald sollte ich es herausfinden.

Wir wanderten im Kreis um den Hauptmast, wobei die meisten Gefangenen mit hängendem Kopf und abwesendem Blick lediglich einen schlurfenden Schritt vor den anderen setzten. Selbst Sirius Firestone hatte nichts zu sagen. Seit seinem Ausflug über die Planke hatte er kein einziges Mal mehr verlangt, die amerikanische Botschaft zu kontaktieren, und tat im Wesentlichen, was man ihm befahl.

Als wir an einer Leiter vorbeikamen, die zum Poop-Deck führte, flitzte Henry ohne Vorwarnung hinauf. Im nächsten Moment stand er vor Blackbeard und sagte etwas zu ihm, das klang wie: »Entschuldigung, Käpt'n«, woraufhin der Piratenkapitän sich mit zorniger Miene zu ihm umwandte.

Die Gefangenen waren wie am Fleck festgenagelt stehen geblieben, um HH zu beobachten, und es dauerte nicht lange, bis die Piraten sie anbrüllten, sich gefälligst wieder in Bewegung zu setzen. Drei Crewmitglieder rannten in der Zwischenzeit hektisch auf Henry und Blackbeard zu.

In all dem Lärm und Durcheinander stolperten ein paar Gefangene über mehrere Taue, die aufgerollt auf dem Deck herumlagen, und purzelten wild übereinander. Als ich das nächste Mal zur Brücke blickte, hatte Blackbeard Henry mit seiner mächtigen Pranke am Kragen gepackt.

Niemand achtete auf mich.

Ich stand in der Nähe der Tür, von der ich hoffte, dass sie zur Kapitänskajüte führte. Verstohlen hechtete ich darauf zu. Zum Glück ließ sie sich leicht öffnen, sodass ich unbemerkt hindurchschlüpfen konnte.

Der Raum dahinter war dunkel. Ich konnte die Umrisse eines großen Tischs und mehrerer Stühle ausmachen, die allesamt am Boden verschraubt waren, damit sie bei rauer See nicht ins Rutschen gerieten. An einer Wand war ein Schrank befestigt und unter den Fenstern stand eine Holztruhe.

Mein Herz klopfte so heftig, dass ich sicher war, jeder auf dem Schiff müsste es hören. Mein erster Gedanke war, in der Truhe nachzusehen, also stemmte ich den schweren Deckel auf und – musste schlucken.

Die Truhe war voller Schätze! Münzen, Teller und Kelche, Perlenketten, Säcke voller Edelsteine und Berge von Juwelen! Bestimmt habe ich einen ziemlich verrückten Anblick abgegeben, mir klappte nämlich das Kinn runter, während meine Augen fast aus den Höhlen fielen. Zum Glück funktionierte mein Hirn noch gut genug, um mich an meine Mission zu erinnern.

Jeder der Gegenstände vor mir hätte der sein können, nach dem ich suchte. Jeder hätte verflucht sein können. Doch dann dachte ich: *Wenn es nur ein einziges Ding ist, das die Piraten davon abhält, komplett zu sterben, dann muss es schon was Besonderes sein. Und wenn es so besonders ist, dann liegt es bestimmt nicht eingepfercht mit all dem anderen Kram in der Truhe hier …*

Also schloss ich den Deckel wieder und sah mich im Zimmer um. Von draußen war noch immer Tumult zu hören, allerdings wurde nicht mehr so viel herumgebrüllt. Mir wurde klar, dass es nur eine Frage der Zeit war, bis jemandem auffiel, dass ich nicht mehr an meinem Platz stand, und man nach mir suchen würde. Was das für Folgen hätte, wollte ich mir lieber nicht ausmalen.

Verzweifelt schaute ich mich um – und bemerkte, dass eine der Schranktüren eine Winzigkeit offenstand. Ich ging darauf zu und öffnete sie. Im Innern hing an der Rückwand des Schranks ein Schwert, eine große Waffe mit gerader Klinge, die keinerlei Ähnlichkeit mit den Entermessern hatte, die in den Gürteln der Piraten steckten. Der Griff war mit kunstvollen Gravuren verziert und schien aus blankem Gold zu bestehen. Knapp unter dem Heft prangten in der Klinge zwei Buchstaben in altmodischer Schreibschrift, die ich kaum entziffern konnte. Aber schließlich war ich ziemlich sicher, dass da »CK« stand.

CK … Christoph Kolumbus! In meinem Kopf fuhren die Gedanken Achterbahn. War das da vor mir wirklich das legendäre Schwert des Kolumbus? Als ich es noch einmal von oben bis unten musterte, bestand plötzlich

kein Zweifel mehr – irgendwie bekam ich von dem Anblick ein komisches Gefühl, eine Art Prickeln in den Fingerspitzen. Ein eigenartiges Glühen schien die Waffe einzuhüllen – aber wer weiß, vielleicht ist nur einmal wieder meine Fantasie mit mir durchgegangen und ich habe mir alles nur eingebildet.

Jedenfalls hatte ich keine Zeit zu verlieren. Ich ließ das Schwert, wo es war, schloss die Schranktür und beeilte mich, nach draußen und aufs Deck zu schleichen. Hinter einem Fass ging ich in Deckung und sondierte die Lage (so nennt HH das).

Die anderen Gefangenen standen in einer Gruppe drüben beim Hauptmast, wo sie von drei besonders hässlichen Piraten bewacht wurden. Zuerst konnte ich Henry nirgends entdecken, und als ich zur Brücke schielte und ihn fand, blieb mir fast das Herz stehen.

Blackbeard hielt Henry noch immer am Kragen – nur, dass er ihn nun direkt über dem Meer baumeln ließ. Ich erstarrte vor Angst. Er wollte Henry Hunter über Bord werfen!

Ein X markiert den Schatz

Während ich mir panisch den Kopf zerbrach, was ich tun könnte, um Henry zu retten, falls er ins Meer stürzte – und gegen Haie, tosende Fluten, die endlosen Tiefen des Ozeans, den einen oder anderen Kraken kämpfen müsste … –, schien Blackbeard seine Meinung zu ändern. Ich sah, wie Henry auf ihn einredete. Und auch wenn ich es nicht fassen konnte: Der Piratenkapitän schien auf ihn zu hören! Mit einem Mal schwenkte er Henry zurück über festen Boden und ließ ihn auf die Schiffsbohlen fallen. Dann nickte er einem aus seiner Mannschaft – Caraway schon wieder! – zu, der Henry packte und die Leiter nach unten zum Rest der Gefangenen drängte. Ich nutzte die Gelegenheit, mein Versteck zu verlassen und mich unauffällig zur Gruppe zu stellen, während alle Augen auf HH gerichtet waren.

Als unsere Blicke sich trafen, zwinkerte Henry mir aufmunternd zu, obwohl er mir dabei ziemlich blass vorkam.

Erst, als wir am Abend in unseren Käfig gesperrt wurden, bekam ich die Chance, mich ordentlich mit Henry zu unterhalten. Ich platzte bereits vor Neugier, was da zwischen ihm und Blackbeard abgelaufen war und was er ihm erzählt hatte. Doch bevor Henry mir auch nur ein Sterbenswörtchen verriet, bestand er darauf, dass ich damit herausrückte, was ich in Blackbeards Kajüte gefunden hatte.

Als ich ihm von der Schatztruhe berichtete, verzog er kaum eine Miene, sondern murmelte nur: »Einmal Pirat, immer Pirat.« Doch als ich zu der Sache mit dem Schwert mit dem goldenen Griff kam, unterbrach er mich und bat mich, es ihm bis ins kleinste Detail zu beschreiben. Dann hockte er sich auf seine Hacken und betrachtete mich mit funkelnden Augen.

»Gut gemacht, Dolf! Zweifellos hast du gefunden, was das Schiff und seine Mannschaft am Leben hält.«

»Es geht noch weiter«, sagte ich, denn das Beste hatte ich mir für den Schluss aufgehoben. »In den Griff waren die Buchstaben CK eingraviert.«

Ich konnte HH ansehen, wie es in seinem Kopf ratterte.

»Das Schwert des Kolumbus?«, rief er und vergaß für den Moment sogar, zu flüstern.

»Ich glaube schon«, sagte ich aufgeregt.

»Nicht so laut, Dolf!«, tadelte Henry mich. »Wir wollen doch nicht, dass jemand mitbekommt, was wir wissen.«

Ich hob verdutzt die Augenbrauen, ließ es dann aber bleiben, ihn darauf hinzuweisen, dass er zuerst laut geworden war.

»Wenigstens ist nun klar, warum Käpt'n Trueblood sich mit Blackbeard zusammengetan hat«, fuhr Henry fort. »Wahrscheinlich denkt er, dass er irgendwie an das Schwert kommt, wenn er Blackbeard erst genug Leute gebracht hat, die für ihn all die Schätze bergen.«

»Glaubst du, Trueblood weiß, dass Blackbeard durch das Schwert am Leben bleibt?«

»Keine Ahnung«, gab Henry zu. »Wahrscheinlich will Trueblood es nur, weil er hofft, dadurch reich zu werden. Aber ich schätze, wir werden es ziemlich bald herausfinden, auf die eine oder andere Art«, ergänzte er geheimnisvoll.

Ich kann euch sagen, mir gefiel ganz und gar nicht, wie sich das anhörte. Mir war klar, dass es keinen Sinn hatte, aus Henry Details herausbekommen zu wollen, bevor er sich bei seiner Theorie nicht hundertprozentig sicher war. Stattdessen fragte ich, was während seiner Stippvisite bei dem gruseligen Kapitän passiert war.

Henry grinste. »Ich habe mich vor ihn gestellt und ihn mit seinem richtigen Namen angesprochen – Käpt'n Teach. Ich glaube, dadurch hatte ich seine

Aufmerksamkeit. Oder aber er war einfach nur verblüfft, dass einer von uns so dreist war, ihn anzusprechen. Jedenfalls schien es ihm zunächst die Sprache verschlagen zu haben. Er schaute nur auf mich hinab wie auf einen Klumpen Dreck, den er sich eben von der Schuhsohle gekratzt hat. Also wagte ich den nächsten Schritt und wollte wissen, wie es denn so sei, jahrhundertelang zu leben. Ich wollte ihn in ein Gespräch verwickeln, damit du in seine Kajüte schleichen konntest, also fragte ich weiter, ob er seine alten Kameraden vermisse oder ob es nicht langweilig werden würde, Jahr ein, Jahr aus auf der *Schicksals Wurd* durch die Gegend zu segeln.

Als Nächstes hing ich schon über dem Meer, während er mir einen drohenden Blick zuwarf und meinte, ich sei ein törichter Grünschnabel. Dann zischte er mir zu, ob ich Lust hätte, als Fischfutter zu enden …«

»Und wie hast du ihn dazu gebracht, seine Meinung zu ändern?«

»Ich habe mich entschuldigt. Ich sagte: *Ich bitte vielmals um Verzeihung, falls ich Sie verärgert habe. Ich habe nur schon so viel von Ihnen gehört und bin ein großer Fan!* Dann habe ich ein paar berühmte Ereignisse aus seinem Leben erwähnt, und da schien er sich zu beruhigen. Ich glaube, er hat sich insgeheim geschmeichelt gefühlt – merk dir das Dolf: Wenn du in der Klemme sitzt, versuch immer, an das Ego des Fieslings zu appellieren. Für gewöhnlich können sie Komplimenten nicht widerstehen. Jedenfalls hat Blackbeard sein Vorhaben bleiben lassen und mich wieder aufs Schiff gesetzt.«

»Ein Glück, dass du so viel über ihn weißt«, sagte ich.

Henry grinste. »Soll das heißen, du findest, dass Wissen nützlich sein kann, Dolf?«

Ich wurde rot. Ich muss ja zugeben, dass ich HH wegen all seinem Wissen manchmal ganz schön aufziehe. Dieser Vorfall damals hat eindeutig bewiesen, wie wertvoll es sein kann. In jenem Moment nahm ich mir fest vor, in Zukunft besser hinzuhören, wenn Henry etwas zu sagen hat – zumindest falls es eine Zukunft geben würde.

Einen Tag später setzte die *Schicksals Wurd* Anker. Wir hatten keinen müden Schimmer, wo wir uns befanden oder auch nur, in welche Richtung wir bisher gesegelt waren – dafür hatten die dicken Nebelschwaden gesorgt. Von meinem Platz im Käfig aus konnte ich lediglich feststellen, dass wir uns nicht länger bewegten, außerdem meinte ich, die Schreie von Möwen zu hören, und wusste, dass das für gewöhnlich bedeutet, dass Land in der Nähe ist.

Wenig später tauchte Caraway auf und entriegelte sowohl unser Gefängnis als auch das, in dem Mr und Mrs Stevens hockten. »Hoch mit euch!«, knurrte er und schubste uns aufs Deck hinauf.

Überrascht stellte ich fest, dass der dicke Dunst sich gelichtet hatte – wir ankerten dicht am Ufer einer kleinen Insel, die von einem Streifen aus goldenem Sand eingerahmt wurde. Dahinter wuchsen Palmen, gefolgt von dichtem, wild wucherndem Urwald.

Oben an Deck zu sein und dann auch noch festes Land zu sehen, steigerte meine Laune enorm – auch wenn ich mich fragte, was uns als Nächstes bevor-

stehen mochte. Wahrscheinlich für Blackbeard nach Schätzen graben, wenn die Stevens recht hätten.

Als sämtliche Gefangenen im Schatten des Poop-Decks versammelt waren, hatte Blackbeard seinen Auftritt und stierte uns finster an, wie er das so gerne tat.

»Hört gut her«, donnerte er. »Ihr alle werdet an Land gehen, wo Buddeln auf dem Plan steht! Buddeln nach Schätzen. Meinen Schätzen! Aber kommt ja nicht auf dumme Gedanken und versucht, zu türmen! Die Insel ist nur wenige Fußstunden lang und noch weniger breit. Ganz davon abgesehen, liegt sie weit abseits jeder Handelsroute – so schnell wird sich also kein anderes Schiff hierher verirren. Wenn ihr je wieder euer Zuhause sehen wollt, dann packt ihr gefälligst mit an und buddelt, was das Zeug hält!«

Keiner sagte etwas. Wie üblich glotzten die übrigen Gefangenen weggetreten ins Leere. Selbst die Stevens setzten allmählich diesen abwesenden Blick

auf. Ich überlegte, wie lange es wohl bei Henry und mir noch dauern würde, bis auch wir uns wie Zombies fühlten, und hoffte gleichzeitig, dass wir irgendwie immun dagegen wären. Ansonsten hätten wir absolut null Chancen, Blackbeard jemals zu entkommen.

Caraway und Pockennarbe versorgten jeden von uns mit Schaufeln und Säcken, bevor sie uns zu einem kleinen Ruderboot zerrten und schubsten (sie nannten das Ding »Jolle«).

Als wir einsteigen wollten, winkte Blackbeard Henry zu sich. »Wo du schon so viel über mich und mein Leben weißt, gewähre ich dir die Ehre, das hier zu tragen«, sagte er mit eiskalter Stimme, die mir die Nackenhärchen zu Berge stehen ließ.

Er reichte Henry ein aufgerolltes Stück Pergament. »Befolgt die Anweisungen, dann findet ihr den Schatz. Und treibt keine Spielchen – sonst setzt es was!«

Wir brauchten nicht mehr als wenige Minuten ziemlich ungeschickten Ruderns, um an Land zu kommen, wo wir wie ein Haufen Betrunkener ans Ufer torkelten. Es war komisch, auf einem Boden zu laufen, der sich nicht ständig bewegte und schwankte. Dafür waren wir allein – zum ersten Mal seit Wochen wurden wir nicht von Piraten überwacht, die argwöhnisch jeden unserer Schritte im Auge behielten.

Henry entrollte das Pergament.

Falls ihr schon mal eine Zeichnung von einer Piratenschatzkarte gesehen habt, könnt ihr euch ungefähr vorstellen, was wir nun musterten: eine Menge geschwungener Linien und kleine Bilder von Palmen und auffälligen Stellen in der Landschaft, dazu hier und da eine Wegbeschreibung wie »Lauf zehn Schritte vorwärts, biege links ab und gehe fünf Schritte, dann grabe«. In der Mitte war sogar ein großes rotes X abgebildet.

»Wohin, Henry?«, fragte Mr Stevens mit einem Hauch von Aufregung in der Stimme. Plötzlich wirkte er viel weniger benommen als an Bord des Schiffs. Und ich konnte es ihm nachfühlen. Immerhin hatte er den Großteil seines Lebens nach Piratenschätzen gesucht und jetzt stand er kurz davor, tatsächlich einen zu heben. Der Umstand, dass er Blackbeards Gefangener war, schien für ihn zumindest im Augenblick vollkommen unwichtig zu sein.

HH studierte die Karte eingehend, betrachtete die Umgebung und spähte in Richtung eines Waldrands, wo sich dunkle Schatten sammelten. Ich hatte die Hoffnung, dass er über einen möglichen Fluchtplan nachdachte. Das musste doch möglich sein, oder?

»Hier lang, glaube ich«, sagte er schließlich und deutete auf einen fast vollständig zugewucherten Pfad, der in den Dschungel führte.

Wir machten uns also in die Richtung auf, die Henry uns angezeigt hatte, als plötzlich etwas geschah, das uns mitten im Schritt innehalten ließ.

Zwei der verfluchten Piraten schlossen sich uns an!

Ein Schatz!

Eine Flucht schien nun doch eher unwahrscheinlich: Hinter uns trotteten Caraway und Pockennarbe, die plötzlich völlig anders aussahen als auf der *Schicksals Wurd*.

Wenn ich jetzt sage, dass sie nur noch Schatten ihrer selbst waren, könnt ihr das gerne wörtlich nehmen. Sie waren wie wogende Rauchschwaden, durch die ich geradewegs durchschauen konnte. Nach Beinen oder Füßen hielt ich vergeblich Ausschau, da waren nur faserige Stränge von Dunkelheit, die knapp über der Erde schwebten. Selbst ihre Gesichter waren dünn und irgendwie durchsichtig – abgesehen von ihren Augen, die wie heiße Kohlen glühten.

Dieser Aufzug entsprach weit mehr meiner Vorstellung von Geistern, als die Form, die sie auf dem Schiff annahmen. Ein schöner Anblick war es jedenfalls nicht, das könnt ihr mir glauben. Sprechen schienen sie in dieser Gestalt auch nicht zu können, abgesehen von unschönen Zischlauten wie von einer wütenden Schlange. Als sie uns mit ihren glühenden Augen fixierten und auf die Karte deuteten, dann geradeaus und wieder auf die Karte, war aber auch so ziemlich klar, was sie von uns wollten. Sie erwarteten, dass wir endlich einen Zahn zulegten und den Schatz fanden.

Mit Henry an der Spitze, der uns den Weg wies, liefen wir also in den Dschungel hinein. Hier war das Licht grünlich und die Luft warm und stickig. Das Unterholz zu beiden Seiten des schmalen Wegs war im wahrsten Sinn des Wortes undurchdringlich. Dazu kamen Insekten, die uns alle innerhalb kürzester Zeit mit Stichen und Bissen übersäten, und unheimliches Rascheln, wodurch dieses Fleckchen Erde reichlich ungemütlich wirkte. Allmählich wünschte ich mich zurück an Bord des Geisterschiffs.

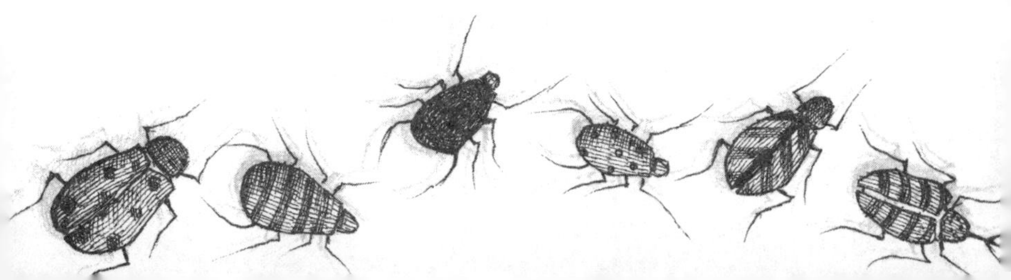

Die verfluchten Piraten klebten an uns, als hätten sie Angst, wir könnten ihnen ihren Schatz stehlen – auch wenn mir nicht einleuchten wollte, wie wir das ihrer Meinung nach hätten anstellen sollen.

Der sich windende und schlängelnde Pfad führte immer weiter einen Berg hinauf. Ich schätze, dass wir ungefähr zwei Stunden lang durch buschiges Gehölz gewatet waren, als Henry plötzlich anhielt und auf das große rote X auf der Karte deutete.

»Wir sind fast da«, sagte er, während er mit großen Schritten eine offene Fläche betrat.

Schweißüberströmt, müde und halb zu Tode gestochen, schleppten wir uns weiter. Von der Lichtung aus stieg der Pfad einige Hundert Meter weiter an, bis wir auf eine Öffnung in der Felswand stießen.

Wieder zückte Henry die Karte, um sie aufmerksam zu studieren. »Sieht so aus, als wäre der Schatz in dieser Höhle versteckt.«

Man sah den Geisterpiraten deutlich an, wie aufgeregt sie waren. Sie winkten uns hektisch zu und zischten übermütig, während wir auf den Höhleneingang zuschlurften, der kaum mehr als eine Spalte

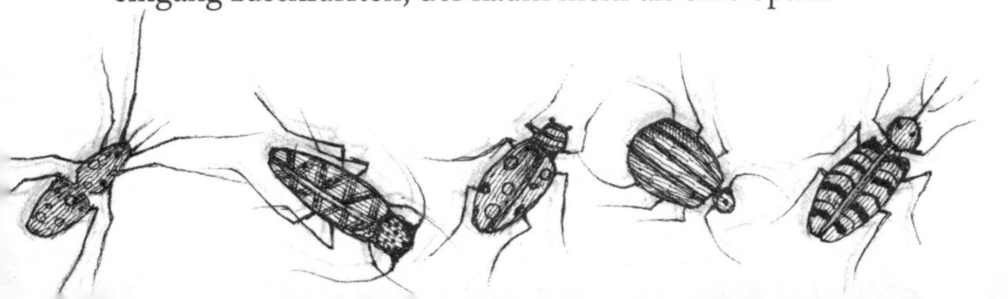

zwischen zwei großen Steinen war. Henry ergatterte ein paar tote Baumwurzeln und Lianen, die er zu so etwas wie einer Fackel zusammenschusterte. Dann holte er aus der Tasche ein Päckchen Streichhölzer, die er – fragt mich nicht, wie! – nicht nur seit unserer Gefangennahme nicht verloren hatte, sondern die – was noch viel verblüffender war – auch tatsächlich noch funktionierten!

Die Fackel qualmte mächtig und roch nicht gerade gut, dafür schenkte sie uns genug Licht, um beim Betreten der Höhle etwas sehen zu können.

Nacheinander quetschten wir uns hinein, und als Henry die Fackel in die Höhe hielt, machte ich große Augen. Im flackernden, hüpfenden Schein wurde deutlich, dass wir nicht allein waren.

Na ja, in gewissem Sinn zumindest – denn die zwei Leute, die schon in der Höhle steckten, waren eindeutig tot, und anders als bei Blackbeards Crew sah man es ihnen auch überdeutlich an. Ihre Skelette lagen gegen die hintere Höhlenwand gelehnt. Mir fiel auf, dass beide Entermesser umklammerten, deren Klingen zwischen ihren Rippen hervorragten.

Ich schauderte – die falschen Skelette im Museum hatten mir schon Angst eingejagt, aber diese hier ließen Panik in mir aufsteigen. Henry jedoch marschierte zu ihnen hinüber und inspizierte sie eingehend.

»Ich wette, das sind diejenigen, die den Schatz vergraben haben«, sagte er. »Vielleicht sind sie in Streit geraten und haben sich dann gegenseitig umgebracht.«

Ich malte mir ein gruseliges Bild von den zwei Männern aus, die verzweifelt gegeneinander kämpften und sich im selben Moment erstachen. Doch Henry war, völlig ungerührt, schon dabei, den Höhlenboden zu untersuchen.

»Hier wurde die Erde eindeutig bearbeitet«, stellte er fest. »Ich glaube, wir sollten hier graben.«

Wäre da nicht die Kleinigkeit gewesen, dass wir Gefangene des berüchtigten Piraten Blackbeard waren und von zwei seiner schrecklichen untoten Männer verfolgt wurden, hätte die ganze Sache ziemlich cool werden können. Aber so schwitzten wir alle nur grässlich, waren erschöpft und nervös – von den nervenden Insektenstichen, die furchtbar juckten, will ich gar nicht erst anfangen.

Schweigend fingen wir an zu buddeln. Die benommenen Gefangenen redeten ohnehin kaum mehr ein Wort. Einige Blasen und Schwielen später stießen unsere Spaten gegen etwas Hartes.

»Aha!«, machte Henry siegreich. Ich war einfach nur froh, dass wir vielleicht bald aufhören durften – ich war völlig am Ende.

Einige Minuten später hatten wir den Deckel einer Holztruhe freigelegt und genug Erde außen herum aus dem Weg geschafft, um sie aus dem Loch zu ziehen.

Natürlich war sie verschlossen – und natürlich wollte Henry das Schloss aufbrechen, um einen Blick ins Innere zu werfen.

Ich hatte meine Zweifel, ob das eine gute Idee war, aber Mr Stevens war so aufgeregt, wie es unter den Umständen überhaupt möglich war. »Mach sie auf, Henry!«, drängte er.

Henry zögerte nur einen Augenblick. Dann sagte er: »Na ja, immerhin haben sie uns die Säcke mitgegeben, also gehen sie davon aus, dass wir den Inhalt der Truhe da hineinpacken!« Er grinste. »Ich für meinen Teil will nach dem vielen Graben jedenfalls wissen, wofür die Plackerei gut war. Die Kiste könnte ja auch voller Steine sein!«

Da hatte er recht. Nachdem sonst keiner mehr etwas zu sagen hatte, verpasste Henry dem Schloss einen Hieb mit seinem Spaten. Das alte Holz ächzte und er stieß erneut zu. Diesmal splitterte das Holz um das Schloss herum knackend. HH hob den Deckel ab und wir alle reckten die Hälse, um hineinzulinsen. Mein Herz klopfte vor Aufregung. Ein Piratenschatz! Selbst die benebelten Gefangenen riskierten einen Blick, und Mr Stevens schien vor Spannung jeden Moment aus den Latschen zu kippen.

Ich muss euch wohl nicht erst sagen, dass die Truhe *nicht* voller Steine war. Oh nein. Sie quoll fast über vor Münzen, Juwelen, alten Tellern und Kelchen – alle aus demselben glänzenden Material. Keiner gab auch nur einen Ton von sich. Alle staunten wir mit offenem Mund. Ich glaube, wir standen eine ganze Weile so da, bis Henry schließlich den Deckel mit einem lauten Knall zuschmiss und jeder erschrocken zusammenzuckte.

»Okay«, sagte er. »Lasst uns das nach draußen bringen. Unsere schwimmenden Freunde fragen sich bestimmt schon, was wir so lange treiben.«

Erst da bemerkte ich, dass die zwei verfluchten Piraten nicht mit in die Höhle gekommen waren. Schreckte etwas an diesem Ort sie ab? Hatten sie vielleicht die Skelettmatrosen früher einmal gekannt? Oder erinnerten die Toten sie daran, dass sie eigentlich auch tot waren? Wie auch immer, jedenfalls warteten sie am Eingang auf uns, als wir die schwere Truhe ins Freie schafften. Ihre roten Augen schienen umso heller zu glühen und die Zischlaute wurden heftiger – eine bessere Art, zu jubeln, hatten sie nun mal nicht drauf.

Gold ist schweres Zeug, und ich war froh, dass man uns die Säcke gegeben hatte, bevor wir aufge-

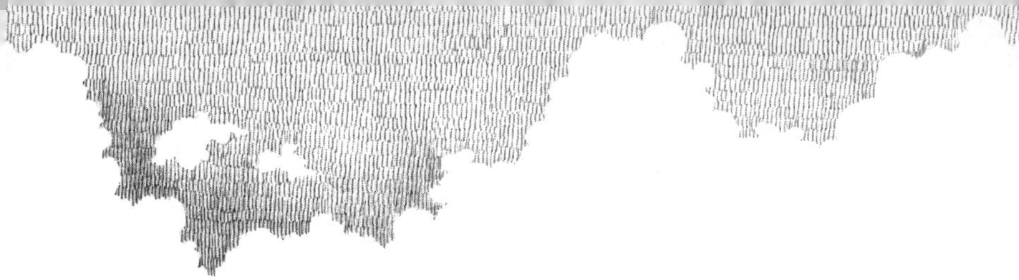

brochen waren, sodass wir die Beute nun unter uns aufteilen konnten. Wir leerten die Truhe aus und füllten damit die Bündel, so schnell wir konnten.

Während alle beschäftigt waren, zog Henry mich zur Seite.

»Hör mal, Dolf«, sagte er. »Auf dem Rückweg zum Schiff, machen wir einen kleinen Abstecher.«

Ich stutzte. »Aber das fällt doch auf, meinst du nicht? Und wenn sie es merken, lassen sie uns hier ganz allein zurück, ohne Essen und Wasser!«

»Wir bleiben nicht zurück«, beruhigte mich Henry. »Außerdem glaube ich nicht, dass wir allein sind.«

»Was?!«, platzte ich heraus, wahrscheinlich etwas zu laut, denn Henry stieß ein beschwörendes *Psst!* aus.

»Hast du nicht das viele Rascheln im Unterholz gehört?«, fragte HH.

Hatte ich natürlich, aber ich war davon ausgegangen, dass dahinter große, gefährliche Tiere steckten. »Du meinst, jemand folgt uns?«

Henry nickte. »Schon fast, seitdem wir den Strand verlassen haben. Zuerst dachte ich, es wären Affen oder so, aber dann habe ich etwas Metallisches aufblitzen sehen – und soweit ich weiß, tragen Vögel oder andere Tiere keine Gegenstände aus Metall bei sich.«

Ich gab mich geschlagen. »Und was ist dein Plan?«

»Wenn wir wieder im Dschungel sind, lassen wir uns hinter den anderen ein Stück zurückfallen. Sobald sie außer Sicht sind, verlassen wir den Pfad.«

Ich dachte an die dichten Sträucher und Büsche, in denen alles Mögliche lungern konnte. Aber mir war klar, dass es keinen Sinn hatte, sich mit Henry zu streiten – er hatte diesen entschlossenen Blick, den er immer aufsetzt, wenn uns das Wasser bis zum Hals steht und er einen Ausweg gefunden hat.

Nachdem die gesamte Beute in den prall gefüllten Säcken verschwunden war, machten die verfluchten Piraten deutlich, dass wir einen Zahn zulegen und gefälligst zurück zum Schiff laufen sollten. Unter den Erwachsenen wurde leises Murren laut – langsam, aber sicher wachten sie aus ihrer Starre auf. Vielleicht weil sie nicht mehr auf dem Schiff waren, wer weiß. Ich hörte, wie Sirius Firestone etwas über »Sklavenarbeit« meckerte, aber die zwei Geisterwesen ließen sich nicht beirren. Sie flogen solange mit bohrenden Blicken um uns herum, zischelten gefährlich und fuchtelten wild herum, bis schließlich jeder von uns einen Sack schulterte und den Hang zum Strand hinunterstolperte, wo das Geisterschiff wartete.

Caraway und sein Kumpel Pockennarbe konnten es offenbar gar nicht erwarten, ihren Kumpanen die Beute zu präsentieren (als hätten sie auch nur einen Finger krumm gemacht, statt faul vor der Höhle herumzuhängen!), jedenfalls schwebten sie ein gutes Stück voraus. Henry und mir passte das für unseren Plan natürlich bestens in den Kram. Wahrscheinlich waren die Geisterpiraten so unbekümmert, weil sie sich darauf verließen, dass wir eh nirgends hinkonnten.

Aber da hatten sie nicht mit Henry Hunter gerechnet. Sobald wir tief im Dschungel waren, fing Henry an zu trödeln, sodass der Rest unserer kleinen Reisegesellschaft bald einen Vorsprung hatte. Als der Pfad um eine Kurve bog, schlug er sich seitlich in die dichten Büsche und winkte mir, ihm zu folgen. Es stellte sich heraus, dass das Unterholz gar nicht so undurchdringlich war, wie es den Anschein gehabt hatte, sodass wir innerhalb von Minuten mehrere Meter zwischen uns und den Weg bringen und bestens verstecken konnten. Henry hielt an, um auf mich zu warten, dann ließen wir unsere Säcke fallen, die dankenswerterweise leichter waren als die der Übrigen, weil wir immerhin die kleinsten und jüngsten Gefangenen waren.

»Und was jetzt?«, zischte ich, so leise ich konnte.

»Wir warten«, sagte Henry gut gelaunt, während er eine weitere durstige Stechmücke in die ewigen Jagdgründe klatschte. »Darauf, dass sich unser Verfolger zu erkennen gibt.«

Lange wurden wir nicht auf die Folter gespannt. Nachdem wir einige Minuten dem Gesumme der Insekten und dem entfernten Zwitschern der Vögel in den Baumkronen des Dschungels gelauscht hatten, ertönte neben uns ein Rascheln. Während ich noch überlegte, was wir tun sollten, falls es sich als etwas Großes und Gemeines mit messerscharfen Klauen und spitzen Zähnen herausstellte, teilten

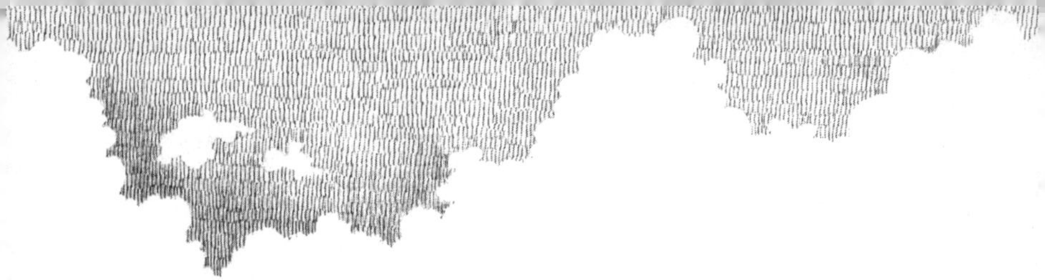

sich die Sträucher und ein Gesicht linste zu uns heraus.

Wieder einmal musste Henry mich mit einem *PSST* zum Schweigen bringen, als mir ein Schrei entwischte. Um fair zu bleiben: HH wirkte auch ziemlich überrascht, als er feststellte, wer uns da gefolgt war: der vermutlich letzte Mensch auf der ganzen Welt, mit dem wir gerechnet hätten! Kein Wunder, wenn man bedenkt, dass wir ihn zuletzt gesehen hatten, als er rückwärts vom Deck der *Moby Dick* in die Tiefen des Meeres gestürzt war.

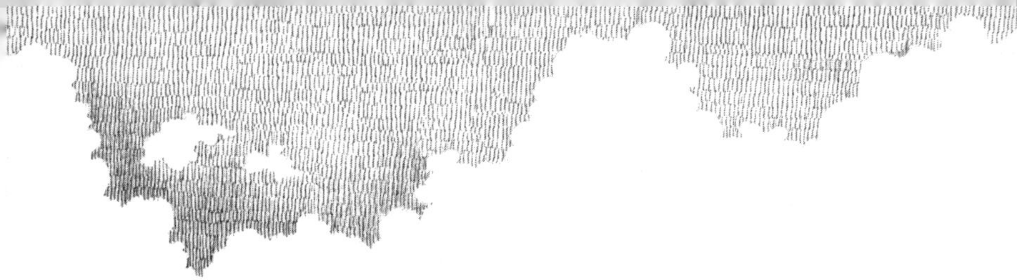

Unerwartetes Wiedersehen

»Jake!«, riefen Henry und ich fast gleichzeitig.

»Aye«, bestätigte der Eiserne Jake mit einem spitzbübischen Grinsen.

»Aber … ich dachte …«, stammelte ich. »Ich meine … ich hab gesehen, wie Sie ins Meer gefallen sind. Wie haben Sie das überlebt?«

»Da braucht es schon mehr als ’n bisschen Wasser, um den alten Jake zu ersäufen!«, antwortete er. »Obwohl ich zugeben muss, dass ich ’n wenig Hilfe hatte, sonst wär ich nu wohl Fischfutter.«

»Hilfe?«, unterbrach Henry ihn. »Was für Hilfe?«

»Ach, das ist ’ne lange Geschichte, Jungchen«, meinte Jake. »Aber ich mach’s kurz, weil wir nämlich nich viel Zeit haben.« Er räusperte sich, und mir kam es so vor, als wäre es ihm irgendwie peinlich, zuzugeben, dass ihm jemand hatte helfen müssen.

»Als ich von Bord gegangen bin, dachte ich eigentlich, meine Zeit wär gekommen. Ich hab ja gewusst, dass der Ozean an der Stelle ziemlich tief ist, und mit meiner Hand und dem Bein, die ja auch ganz schön Gewicht haben, hab ich nich geglaubt, dass ich mich über Wasser halten kann. Ging auch nich. Bin gesunken wie ein Stein und dachte schon, ich würde Davy Jones ’n gutes Stück früher als geplant treffen.«

Er machte eine kurze Pause, bevor er nachdenklich weitererzählte. »Ich hab mein Lebtag ja schon ’ne Menge komische Sachen erlebt, aber das …! Ich hab schon angefangen, helle Lichter zu sehn, und meine Lunge hat sich angefühlt, als müsste sie gleich platzen. Da plötzlich hat mich was gepackt und zurück nach oben gezogen. Bin aus dem Wasser geschossen wie ein Delfin und hab erst mal kräftig durchgeschnauft, bevor ich nachgesehn hab, was mich da gerettet hat. Und beim Klabautermann, es war 'ne Meerjungfrau!«

»Eine was?«, stieß ich aus, wobei ich vermutlich genauso ungläubig aussah, wie ich mich fühlte. Jake machte nicht den Eindruck, als hätte er getrunken, aber ich erinnerte mich noch gut an seine Vorliebe für Rum.

»Aye«, bestätigte der Eiserne Jake ernst. »Hab selbst gezweifelt und schon gedacht, ich wär doch ertrunken und würd nu Sachen sehn, die gar nich da sind. Aber nee. So wahr ich hier mit euch plaudre, es war 'ne waschechte Meerjungfrau. Mit Schuppen, Fischschwanz und langen grünen Haaren.«

»Aber ich dachte, die sind nur erfunden?«

»Komm schon, Dolf«, unterbrach Henry. »Wie oft muss ich es dir eigentlich noch sagen? Solange man sich nicht mit eigenen Augen überzeugt hat, kann man nie sicher sein, was real ist und was nicht. Hast du dich nicht auch mal standhaft geweigert, an Vampire zu glauben?«

»Ich hab auch noch nie eine Meerjungfrau gesehen!«, verteidigte ich mich. »Zumindest noch nicht.«

»Kein Grund zum Streiten, Jungens«, sagte Jake. »Ihr braucht nur zu wissen, dass es 'ne Meerjungfrau war, die mich gerettet hat. Hat mich an die Oberfläche gebracht, ganz in der Nähe von der Stelle, wo ich reingefallen war. Konnte von dort aus alles beobachten: das Geisterschiff und wie ihr zwei an Bord gefischt worden seid.«

»Aber wie sind Sie hierhergekommen?«, wollte Henry wissen.

»Das war auch die Meerjungfrau«, erklärte Jake. »Ist dem Geisterschiff vier Tage lang hinterhergeschwommen und hat mich auf ihrem Rücken getragen – hat sich nich ein einziges Mal beschwert!«

Plötzlich zog Jake ein finsteres Gesicht. »Ich kann euch sagen, dem miesen Hund hätt ich ein, zwei Wörtchen zu sagen – mein Schiff versenken und dann wahrscheinlich auch noch Joe ertränken! Und wie er auf 'm Deck rummarschiert, wie so'n aufgeblasener …«

»Dann wissen Sie also, wer er ist?«, unterbrach Henry die Schimpftirade.

»Aye, und ob! Hab oft genug Bilder von ihm gesehn, um den alten Käpt'n Teach zu erkennen, wenn er mir unters Auge kommt. Hätte Davy Jones schon lang 'nen Besuch abstatten solln, der Tunichgut.«

Es wurde deutlich, dass der alte Seemann von seinem Abenteuer nicht mehr erzählen wollte. Und nachdem es damals weder der richtige Zeitpunkt noch der richtige Ort war, um über die mögliche Existenz von Meerjungfrauen zu streiten, hakte ich auch nicht nach. Jake sah uns erwartungsvoll an. »Also wie lautet der Plan, Jungens?«

»Einen genauen Plan gibt es nicht«, sagte Henry. »Aber ich habe ein paar Ideen.«

Während ich überlegte, ob ich es schon jemals erlebt hatte, dass Henry Hunter zugab, keinen Plan zu haben, berichtete HH bereits von dem, was geschehen war, seit wir an Bord der *Schicksals Wurd* geholt worden waren. Als er zu dem Teil kam, in dem der wagemutige Dolf (kommt schon, ein *bisschen* wagemutig war es!) das Schwert des Kolumbus entdeckte, starrte Jake uns ungläubig an.

»Soll das heißen, das Schwert is auf dem Geisterschiff?«, presste er heraus.

Henry nickte. »Die Frage ist: Könnte es der Grund dafür sein, dass Blackbeard noch immer die Karibik unsicher macht?«

»Aber bestimmt!« Jake nickte emsig. »Wie ich euch ja schon gesagt hab, über das Schwert hab ich 'ne Menge Geschichten gehört. Der Griff soll aus Gold vom Amazonas gemacht sein. Kolumbus hat das Gold einem der Eingeborenen da abgenommen, und der hat es aus Rache mit einem Fluch belegt. Scheinbar ist der Fluch dann übertragen worden, als man aus dem Gold 'nen Schwertgriff gemacht hat.«

»Und was heißt das jetzt? Was können wir machen?«, fragte ich schließlich, nachdem Jake und Henry in Gedanken über das Schwert versunken zu sein schienen.

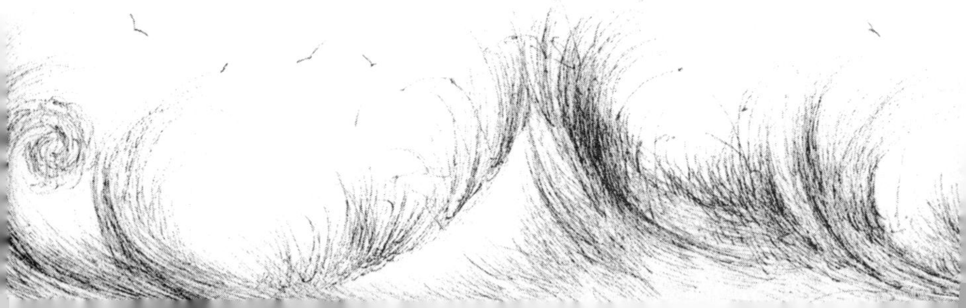

Henry blickte auf. »Ich habe einen Plan.«

Na endlich! HH eilt zur Rettung!

»Wir müssen das Schwert holen und es auf den Meeresgrund versenken – es in Davy Jones Kiste schicken.«

Ich nickte zustimmend. Als Henry es aussprach, wirkte es so dermaßen einfach. Dann stutzte ich.

»Äh … Wie genau hilft uns das weiter?«

»Aye?«, pflichtete Jake mir bei.

»Nun, wenn meine Theorie stimmt, werden die Piraten samt ihrem Schiff verschwinden, sobald das Schwert fort ist.«

»Aber was passiert denn dann mit uns?« Mir stand ein grässliches Bild vor Augen: von uns, wie wir unserem Tod entgegensanken, sobald das Geisterschiff, das uns bisher über Wasser gehalten hatte, sich in Luft auflöste.

Henry schnitt eine Grimasse. »Was das angeht, bin ich nicht sicher. Aber soweit ich es überblicke, ist es der einzige Weg, Blackbeard zu entkommen.«

»Und wie stellen wir es an?«, fragte ich, während ich innerlich stöhnte. »Das Schwert ist in seiner Kajüte versteckt.«

»Zuerst mal müssen wir Jake an Bord der *Schicksals Wurd* schmuggeln. Dann sehen wir weiter. Am besten wäre wohl ein neues Ablenkungsmanöver.«

»Mann, Henry! Das letzte Mal bist du noch mit einem Denkzettel davongekommen. Wenn du so was noch mal versuchst, lässt dich Blackbeard vielleicht nicht mehr so leicht davonkommen!«

Henry zuckte mit den Schultern. »Hat jemand einen besseren Einfall?«

Weder Jake noch ich hatten dazu etwas zu sagen.

»Na also«, sagte Henry. »Dann lasst uns aufbrechen. Wenn wir den Rest der Gruppe nicht bald einholen, vermisst man uns noch.«

Also beeilten wir uns, zum Strand zu kommen, nachdem wir die schweren Säcke aufgelesen hatten, wo wir sie vorhin abgelegt hatten. Jake zeigte großes Interesse an der Geschichte mit der Schatztruhe, die wir ihm erzählten, während wir dem gewundenen Pfad durch den Dschungel folgten.

»Wenn ihr mich fragt, steht mir ein Teil von dem Gold da zu«, grunzte er, während wir den Pfad entlangwetzten, so schnell wir es fertigbrachten. »Als Entschädigung, weil sie die gute alte *Moby Dick* und ihren Ersten Maat versenkt haben!«

Als ich an Joe dachte, wurde ich traurig, auch wenn mir gerade keine Zeit blieb, lange Trübsal zu blasen.

Verblüffenderweise schien niemand unser vorübergehendes Verschwinden bemerkt zu haben. Wir schafften es, zu den Nachzüglern der Gruppe aufzuschließen, und Jake gesellte sich einfach dazu. Zum ersten Mal war ich wirklich froh, dass die erwachsenen Gefangenen so benebelt waren, sodass keiner stutzig wurde, weil wir auf einmal ein Mann mehr waren. Jake zog sich den Hemdsärmel über seine Metallhand, um sie zu verstecken, und im letzten Augenblick drückte Henry ihm außerdem seinen Beutel voller Beute in die Arme, während er selbst mit hoch erhobener Karte neben uns herspazierte, als hätte er noch nie etwas anderes zu tragen gehabt.

Die Piraten waren zu sehr in den Schatz vernarrt, um misstrauisch zu werden oder die Arbeiter, mit denen sie heimkehrten, durchzuzählen. Immerhin fehlte ja keiner, und wer würde schon *freiwillig* an Bord von Blackbeards Schiff gehen, ganz ohne dazu gezwungen zu werden? Während die zwei Geisterpiraten nicht von unserer Seite wichen und uns mit Gesten zur Eile antrieben, ruderten wir hinüber.

Männer über Bord!

Zurück an Deck der *Schicksals Wurd* wurden wir angewiesen, die Schatzsäcke zu einem Haufen aufzuschichten, was von Blackbeard höchstpersönlich mit einem schadenfrohen Funkeln in den dunklen Augen überwacht wurde. Die übrige Mannschaft beobachtete das Geschehen gebannt. Als wir fertig waren, wandte sich Blackbeard an uns – die Hände in die Hüfte gestemmt, den großen Bart stolz vorgereckt und mit genug Pistolen im Gürtel, um eine kleine Armee erschießen zu können.

»Ihr habt gute Arbeit geleistet, heute. Nicht mehr lang und ihr bekommt Verstärkung beim Buddeln. Wenn ihr weiter so schön brav seid, verschone ich euer wertloses Leben vielleicht sogar ... nachdem ich all die Schätze gesammelt habe, die in diesem Ozean versteckt sind.«

Henry stieß mich an. »Neue Gefangene kommen«, wisperte er. »Das bedeutet wahrscheinlich, dass wir bald auf die *Spinnaker* stoßen. Das könnte unsere Chance sein!«

Plötzlich schien unsere Lage doch nicht mehr so ausweglos. Hatte Henry recht? Jedenfalls hoffte ich es von ganzem Herzen. Immerhin hatten wir den Eisernen Jake auf unserer Seite. Sobald wir an Bord gekommen waren, hatte er sich irgendwohin verzogen. Wo er sich auch versteckte, ich betete, dass Blackbeard ihn nicht finden würde.

Nachdem man uns wieder in die Zellen gesperrt hatte, erklärte Henry mir seinen Plan.

»Wir haben nur den einen Versuch, Dolf. Wir müssen Blackbeard das Schwert des Kolumbus abluchsen und es loswerden, am besten, indem wir es ins Meer werfen. Dann können wir auf die *Spinnaker* wechseln und mit Käpt'n Trueblood abrechnen.«

Henry rief Mr und Mrs Stevens zu, um sie in alles einzuweihen.

Die beiden nickten nur abwesend.

»Seid vorsichtig, Jungs«, ermahnte uns Mr Stevens mit leerem Blick. »Dieser Blackbeard ist ... ein gemeiner Fiesling.«

So fies, wie's nur geht, dachte ich. Henry allerdings ließ sich nicht den Wind aus den Segeln nehmen.

»Wir machen so was andauernd, nicht wahr, Dolf?«

Ich nickte stumm, während ich mich fragte, an was er bei »so was« gedacht hatte. Die Sorte von Plan, die uns für gewöhnlich in Gefahr brachte, schätzte ich.

Und natürlich sollte ich recht behalten ...

Wir hörten die Schläge, als man die mit Schätzen bepackten Säcke unter Deck hievte und in den Frachtraum warf. Wenig später setzte die *Schicksals Wurd* erneut Segel und bald darauf hörten wir in der Dunkelheit ein Schlurfen. Vor den Gitterstäben tauchte das grinsende Gesicht des Eisernen Jake auf.

»Alles klar, Jungens?«, fragte er. »Bereit loszuschlagen?«

Eigentlich fühlte ich mich alles andere als bereit. Mich mit Blackbeard anzulegen war nicht unbedingt meine Lieblingsbeschäftigung, aber Henry konnte es kaum noch erwarten. »Sobald Trueblood da ist, Dolf«, sagte er, »müssen du und Jake genug Wirbel verursachen, um von mir abzulenken.«

»Was denn für Wirbel?«, wollte ich wissen, in der Hoffnung, dass es nicht damit enden würde, an Blackbeards Pranke über dem Meer zu baumeln.

»Egal, Hauptsache ihr macht ausreichend Lärm und sorgt dafür, dass die Crew beschäftigt ist.«

»Ich glaub, das kriegen wir hin«, meinte Jake mit einem verschwörerischen Zwinkern – seines gesunden Auges.

»Und was wird aus den restlichen Gefangenen?«

»Von denen haben wir wohl kaum Hilfe zu erwarten«, antwortete Henry. »Am besten warten wir, bis wir alle zum Rundgang an Deck sind, dann legen wir los. Hoffentlich wird das Wirrwarr ausreichen, damit ich mich unbemerkt in Blackbeards Kajüte schleichen und das Schwert holen kann.«

Was Henrys Pläne anging, hielt ich diesen für vergleichsweise schwach – aber unter den gegebenen Umständen blieb uns nichts anderes übrig.

In dieser Nacht schlief keiner von uns besonders viel, und ausnahmsweise hatte es nichts damit zu tun, dass unser Quartier so ungemütlich war und fiese Insekten auf uns herumkrabbelten. Ich konnte an nichts anderes denken, als daran, dass wir den gefürchtetsten Piraten aller Zeiten aufs Korn nehmen wollten. Dass er und seine Crew irgendwie tot waren, machte alles nur noch schlimmer, genau wie die Tatsache, dass wir nicht mit der Hilfe der übrigen Gefangenen rechnen konnten. Selbst auf Charlies Eltern schien kein Verlass mehr. Damit blieb nur noch der Eiserne Jake übrig. Ich baute darauf, dass er in Raufereien gut war.

Das Einzige, was mich ein klein wenig beruhigte, war der Gedanke, dass Henry und ich schon in viel schlimmeren Zwickmühlen gesteckt hatten und noch immer am Leben waren. (Das war wirklich so, das schwöre ich euch! Versucht mal, euch mit einer richtig schlecht gelaunten ägyptischen Mumie in ein Grabmahl einsperren zu lassen, dann wisst ihr, was ich meine.)

Am nächsten Tag warteten Henry und ich geduldig, wenn auch innerlich ganz schön nervös. Würde die *Spinnaker* auftauchen?

Als irgendwo mitten auf dem offenen Meer der Anker ausgeworfen wurde, spähten HH und ich durch eins der vielen Einschusslöcher in der Seite der *Schicksals Wurd.*

Und tatsächlich, ein Schatten im Nebel kündigte die Ankunft der *Spinnaker* an. Schon bald schwappten hohe Wellen an unseren Kiel, und durch die aufspritzende Gischt konnten wir nicht mehr erkennen, was vor sich ging. Ich vermute, es war dasselbe Schauspiel, das wir selbst mitgemacht hatten: Diejenigen an Bord der *Spinnaker* wurden über die Reling geworfen und von dem schlängelnden Tentakel des Bösen auf die *Schicksals Wurd* gezogen. Schließlich hörte das Schiff auf, wie wild zu schaukeln, und wir hörten die donnernde Stimme von Käpt'n Trueblood, gefolgt von den kalten, schnarrenden Worten Blackbeards. Kurz darauf kam Pockennarbe angetrottet, um unseren Käfig aufzusperren und uns für unseren täglichen Spaziergang an Deck zu scheuchen, wobei er aussah, als hätte er in eine Zitrone gebissen.

Der trübe Umriss der Sonne – das Einzige, das man durch den Nebel hindurch erkennen konnte – stand schon tief am Horizont. Die *Spinnaker* hatte neben uns Anker gelichtet. Blackbeard und Käpt'n Trueblood standen am Steuerrad der Jacht, ins Gespräch vertieft. An Deck der *Schicksals Wurd* gab es zwei neue Gefangene: Ein erwachsenes Pärchen, das völlig durch den Wind und verängstigt war, wurde von den schadenfrohen Piraten zu uns geschubst.

Henry und ich trotteten mit dem Rest Runde um Runde um den Hauptmast und hielten die Köpfe gesenkt. Jake konnte ich nirgendwo sehen, hoffte aber, dass er sich ganz in der Nähe aufhielt. Als wir zum zwanzigsten Mal das Poop-Deck passierten, drehte Henry sich zu mir um. »Okay, Dolf, wenn wir hier das nächste Mal vorbeikommen, musst du loslegen.«

Ich hatte einen vollen Tag lang Zeit gehabt, mir zu überlegen, was ich tun wollte, daher war ich bestens vorbereitet. Ich fing zu torkeln an und ließ mich aufs Deck fallen, während ich mir den Bauch hielt und so laut heulte, wie ich nur konnte. Es war nicht gerade meine beste Vorstellung, aber sie reichte, um

die Aufmerksamkeit sämtlicher Piraten auf mich zu ziehen. Sogar Blackbeard drehte sich zu mir um, und Käpt'n Trueblood starrte mich mit entnervtem Blick an.

Dann brach das Chaos los.

Einer der Piraten kam zu mir und stupste mich mit dem Fuß an, den ich spontan packte, bevor ich mit aller Kraft daran zog. Der verdutzte Mann plumpste grunzend auf den Boden (ich muss zugeben, ich war selbst reichlich verdutzt). Ich sprang hoch, wuselte ein Stück weit die Leiter zum Poop-Deck hinauf und warf mich von oben auf Caraway.

»Du gemeines Piraten-Narbengesicht! Was hast du dir dabei gedacht, uns einfach so zu kidnappen und für deine Schatzklauaktion zu benutzen!«, brüllte ich.

Überrascht brach Caraway unter mir zusammen – zum Glück, so landete ich nämlich ein bisschen weicher. Ich hörte, wie Blackbeard sich vor Lachen bog, und riskierte einen kurzen Blick über meine Schulter. Irgendwie hatte der Schrecken der Meere die

Spinnaker in Windeseile verlassen und stand nun, die Hände in der Hüfte, vor Vergnügen schaukelnd hinter mir. Trotz des Gelächters sah er noch fieser aus als sonst, wenn er grimmig dreinblickte.

Natürlich hatten die Piraten mich in null Komma nichts von ihrem Kameraden runtergezogen. Zwei rissen mich grob auf die Füße und hielten mich wie einen Sack Kartoffeln zwischen sich. Sobald ich sicher war, dass Henry verschwunden war – hoffentlich in die Kapitänskajüte –, hörte ich mit meinem Gezeter auf.

Ich überlegte, was wohl mit Jake los war. Hatte man ihn geschnappt oder hatte er beschlossen, uns doch nicht zu helfen?

»Es reicht!«, knurrte Blackbeard. »Wenn dieser Lärm nicht bald aufhört, werfe ich euch alle den Haien zum Fraß vor!«

Den Spruch kannte ich inzwischen, und ich war ziemlich sicher, dass es eine leere Drohung war, weil er uns ja brauchte, damit wir für ihn nach Schätzen

gruben. Aber offensichtlich wollte keiner ein Risiko eingehen. Und so stellte sich Stille ein.

Caraway hielt sich ein Taschentuch an die Nase, die von meinem Angriff blutete. Ich konnte mir ein Lächeln einfach nicht verkneifen – nie im Leben hätte ich gedacht, dass ich einen Kampf gegen einen so großen und gruseligen Typen gewinnen könnte. Alle anderen standen nur dumm rum. Die Gefangenen waren duselig wie eh und je, und die Piraten schienen unsicher, was sie tun sollten. Einige spielten an ihren Entermessern herum – vermutlich hofften sie, dass ihr Kapitän ihnen erlauben würde, jemanden zu lynchen.

Aus meinem Augenwinkel sah ich, wie Henry aus der Kapitänskajüte schlich, das Schwert des Kolumbus in den Händen. Er hielt sich im Schatten und schob sich auf die Reling zu.

Leider war ich nicht der Einzige, der ihn bemerkte.

Käpt'n Trueblood riss fassungslos die Augen auf.

Der Anblick von Henry, der das Schwert trug, auf das Trueblood es all die Jahre lang abgesehen hatte, muss für ihn wie ein Schock gewesen sein. Vielleicht hatte er bisher gar nicht gewusst, dass es sich auf der *Schicksals Wurd* befand. Vielleicht hatte Blackbeard ihm versprochen, das Versteck als Gegenleistung für seine Hilfe zu verraten.

Jedenfalls stieß Trueblood einen Schrei aus, den man wahrscheinlich noch auf Barbados hören konnte. Er sprang von der *Spinnaker* herüber und wetzte Henry hinterher. Als Blackbeard sah, was HH bei sich trug, brüllte er ebenfalls vor Wut und zog eine seiner Pistolen. Er zielte auf Henry und entsicherte die Waffe.

Ich musste etwas unternehmen, sonst würde Henry sterben! Weil die Piraten, die mich festhielten, von dem Spektakel abgelenkt waren, konnte ich mich losreißen und auf Blackbeard stürzen. (Ich weiß schon, ihr denkt jetzt: »Quatsch, das sieht Dolf gar nicht ähnlich.« Aber manchmal muss man eben tun, was man tun muss. Zumindest handelt Henry Hunter immer nach dieser Devise, und in diesem Moment damals machte ich es genauso.)

Was passiert wäre, hätte Jake nicht genau diesen Augenblick genutzt, um auf den Plan zu treten, weiß ich selbst nicht. Ich bin nicht gerade ein Schwergewicht und Blackbeard war gewaltig, aber zu meinem Glück sprang der Eiserne Jake aus seinem Versteck – und das mit beachtlicher Geschwindigkeit für einen Mann mit nur einem Bein! – und ging ebenfalls auf den Piratenkapitän los.

Von zwei Seiten gleichzeitig angegriffen zu werden, brachte Blackbeard aus dem Konzept. Mit einem lauten Donnerschlag ging seine Pistole los und die Kugel grub eine Furche ins Deck, nur Zentimeter von Henry entfernt. Dann hieb Blackbeard mit einer Faust, so groß wie eine Lammkeule, nach Jake, der mit einem Grunzen zu Boden ging, offenbar bewusstlos.

In der Zwischenzeit war Henry schlitternd zum Stehen gekommen. Und alle Mann auf dem Schiff erstarrten. Das war einer dieser Momente, die sich ewig hinzuziehen scheinen, obwohl sie eigentlich nicht einmal eine Nanosekunde dauern.

Alle Augen waren auf Henry Hunter gerichtet.

Die der Piraten, die fest entschlossen waren, ihn zu fangen …

Blackbeards, der wie die Ausgeburt des Wahnsinns aussah …

Käpt'n Truebloods, dessen starrer Blick allerdings mehr dem Schwert des Kolumbus galt, als gäbe es für ihn sonst nichts auf der Welt …

Und meine, weil ich auf einmal Angst bekam, dass wir im größten Schlamassel unseres Lebens steckten …

Dann geschah alles auf einmal.

Blackbeard rannte mit einem besonders großen Entermesser auf Henry zu. Käpt'n Trueblood stand wie angewurzelt an Deck, während ihm beinahe die Augen aus den Höhlen quollen.

Und Henry tat etwas wirklich Dummes. Er hob das Schwert des Kolumbus und hieb damit nach dem Piratenkapitän.

Blackbeard wehrte den Schlag wie eine lästige Wespe ab. Henry stolperte rückwärts und fiel, das Schwert entglitt seinem Griff und flog in hohem Bogen durch die Luft, wo es einen Herzschlag lang zu verharren schien.

In Windeseile hatte Henry sich wieder hochgekämpft. Er sprang auf die Reling, fing das Schwert im freien Fall auf und hielt es triumphierend in die Höhe.

Käpt'n Trueblood, der endlich aus seiner Starre erwachte, stieß ein schrilles, verzweifeltes Kreischen aus, bevor er auf Henry zustürmte, dicht gefolgt von Blackbeard.

Sie erreichten HH im exakt selben Moment, und eine Sekunde lang sah ich nur ein einziges Menschenknäuel mit zu vielen Armen und Beinen. Und genauso schnell waren sie verschwunden. Ein lautes Platschen ertönte, und alle – Piraten wie Gefangene – vergaßen, wer Freund und wer Feind war, und eilten gemeinsam an die Reling, um nach unten zu schauen.

Entdecken konnten wir nichts, außer einem Kreis aus sich kräuselnden Wellen, der immer größer wurde, dort, wo die beiden Männer und Henry Hunter untergegangen waren.

GEHEIMNISSE DER TIEFE

Ich weiß nicht mehr, wie lange ich dort stand und zusah, wie die Wellen verschwanden, während die Wasseroberfläche sich allmählich wieder beruhigte. Niemand sagte auch nur ein Wort. Ein Teil von mir wollte Henry hinterherspringen, doch der vernünftige Teil erinnerte mich daran, dass ich kein toller Schwimmer war und es dort unten Haie geben könnte … Ich wusste, dass Henry dagegen ein wirklich guter Schwimmer war, also wartete ich ab, wartete darauf, dass sein Kopf jeden Augenblick die Oberfläche durchbrechen würde.

Als nichts passierte und die Sekunden sich zu Minuten dehnten, fühlte ich mich schwer, als hätte sich jeder Muskel in Blei verwandelt. Unter gar keinen Umständen konnte ich glauben, dass Henry tot war, dass ich ihn vielleicht nie wieder sehen würde. Henry hatte für jede Lage eine Lösung, und diesmal durfte es nicht anders sein.

Wie sich herausstellte, hatte ich ohnehin andere Sorgen – ich und alle anderen Passagiere auf der *Schicksals Wurd*.

Denn, wie ihr euch sicher schon zusammengereimt habt, sobald das Schwert des Kolumbus im Meer versank, löste sich alles, was durch seine Kraft zusammengehalten worden war, in Luft auf. Sowohl die verwünschten Piraten – als auch das ganze Schiff.

Als Erstes verschwand die Crew. Als ich mich umwandte, konnte ich sehen, wie Caraway sich im wahrsten Sinne des Wortes auflöste. Ein verdatterter Ausdruck stand ihm ins Gesicht geschrieben, und das Gesicht war auch das Letzte, das verschwand, nachdem der Rest von ihm schon langsam verdampft war. Ich erhaschte einen Blick auf Sirius Firestone, der mit einem siegreichen Grinsen seine Faust direkt durch Pockennarbe hindurchsteckte, der sich ebenfalls auflöste. Jake, der sich inzwischen von Blackbeards Attacke erholt hatte, wollte mit seiner »Eisen«-Faust einen der Piraten verdreschen, doch der Schlag ging geradewegs durch den Kerl hindurch.

Einer nach dem anderen zersetzten sich die Schrecken der Meere vor unseren Augen.

Innerhalb von Minuten, nachdem das Schwert über Bord gegangen war, war die gesamte Mannschaft fort. Mit einem Mal bekam ich Panik. Sicherlich würde das Schiff ihnen bald folgen. Als ich den Kopf in den Nacken legte, konnte ich beobachten, wie die Segel bereits verschwanden, dicht gefolgt von den Masten. Und auch das Deck selbst fühlte sich plötzlich seltsam schwammig unter meinen Füßen an, hier und da konnte man bereits durch das Holz hindurchsehen.

»Schnell!«, schrie ich meinen Mitgefangenen so laut ich konnte zu – obwohl wir jetzt natürlich keine Gefangenen mehr waren. »Das Schiff löst sich auf. Wir müssen rüber auf die *Spinnaker*!«

Auf der Stelle stoben die Leute in alle Richtungen davon, stolperten übereinander, brüllten und kreischten. Wenigstens wirkten sie nicht mehr so weggetreten – wahrscheinlich lag das daran, dass der Fluch aufgehoben war. Einige versuchten, sich hier und da am Schiff festzuhalten, mussten aber schon bald feststellen, dass ihr Griff ins Leere ging, nachdem sich das Holz in Staub verwandelte.

Und ich? Ich schaffte es leider nicht rechtzeitig auf die *Spinnaker*. Ich spürte die schneidende Kälte des Wassers, als ich ins Meer stürzte, und begann, wie verzweifelt zu paddeln. Lange hielt ich allerdings nicht durch – ich konnte gerade mal wie ein Hund Wasser treten. Wie gesagt, mit meinen Schwimmkünsten ist es wirklich nicht weit her.

Als der Letzte von uns in den Ozean klatschte, verabschiedete sich die *Schicksals Wurd* aus dieser Welt. Allerdings war ich darüber nicht einmal erleichtert. Ich trieb mitten im Karibischen Meer und konnte noch immer nicht fassen, dass ich Henry Hunter verloren hatte.

Die Crew der *Spinnaker*, die sich bisher offenbar unter Deck versteckt hatte (wer könnte es ihr verübeln?), erschien auf einmal auf dem Oberdeck der Jacht. Als sie sahen, was los war, warfen sie uns Rettungsringe zu. Auch mir gelang es, mich an einem davon festzuhalten, und so wartete ich, während sie von oben kleine Boote herabließen und uns schnellstmöglich ins Trockene holten.

Schon bald waren wir alle auf der Jacht, eingewickelt in warme Decken, während man uns dampfend heißen Kakao anbot.

Der Schock darüber, dass sie zuerst im Ozean gelandet und dann gerettet worden waren, hatte den Gefangenen auch das letzte Bisschen an Zombie-Benommenheit ausgetrieben. Alle um mich herum wollten wissen, was vor sich ging und wo sie waren. Ich konnte allerdings nur genug Kraft aufbringen, mich an der Reling festzuklammern und auf die Stelle im Meer zu starren, wo Henry Hunter, Blackbeard und Käpt'n Trueblood untergegangen waren.

Mir war klar, dass kein menschliches Wesen seinen Atem so lange anhalten konnte. Nicht mal Henry Hunter. Irgendwie musste ich mich damit abfinden, dass mein bester Freund nicht wiederkam.

Ich wollte mich gerade traurig abwenden, als ich einen langen Schweif aus Luftblasen bemerkte, die an die Wasseroberfläche stiegen.

Was als Nächstes geschah, gehört zu dem Abgedrehtesten, das ich während meiner Abenteuer mit Henry Hunter erlebt habe. Es ist sogar so seltsam, dass unter den Leuten, die an Bord der *Spinnaker* waren und in diesem Moment zufällig aufs Meer sahen, zwei sehr verschiedene Versionen kursieren. Die eine Version ist der Bericht der kürzlich befreiten Gefangenen des Geisterschiffes und der Mannschaft der *Spinnaker* darüber, was sie beobachtet zu haben glauben. Die zweite Version stammt von meiner Wenigkeit, Rudolphus Pringle, und niemals wird man mich davon abbringen!

Die anderen behaupten, was in diesem Moment an die Oberfläche kam, war ein äußerst kunstvoll verziertes Beiboot, das vermutlich schon eine Weile am Meeresgrund festgesessen hatte. Und all der Aufruhr rund um das Geisterschiff und die Menschen, die ins Wasser geplatscht waren, hätte es irgendwie gelockert, sodass es aufsteigen konnte.

Was *ich* beobachtete, war Folgendes:

Die Luftblasen kündigten das Auftauchen des merkwürdigsten Gefährts an, das ich je gesehen habe.

Ich sage »Gefährt«, denn ein passendes Wort für das, was da aus den Tiefen des Ozeans aufstieg, gibt es eigentlich nicht. Am ehesten kann ich es noch mit einem römischen Pferdewagen vergleichen, wie die in der berühmten Rennszene aus dem Filmklassiker *Ben Hur*. Nur das dieser hier aussah, als hätte man ihn aus Fischgräten gebaut – riesigen weißen Fischgräten, die mit allen möglichen schicken Verzierungen übersät waren. Das Ding schoss nur so aus dem Wasser, schwebte kurz in der Luft und klatschte dann zurück auf die Meeresoberfläche, wo es zum Stehen kam.

Was mir absolut den Atem verschlug, war aber etwas anderes. Es war der Anblick von Henry Hunter, der mitten auf dem Ding stand!

Henry winkte mir fröhlich zu und kletterte im Handumdrehen an Bord der *Spinnaker*, während die Kutsche (oder was immer es auch war) wieder in den Fluten des Ozeans verschwand.

Ich muss zugeben, dass ich sofort zu HH rannte und ihn umarmte, als hätten wir uns seit Jahren nicht mehr gesehen. Ein bisschen peinlich, ich weiß, ich weiß – aber so war das eben.

Selbstverständlich fingen die früheren Gefangenen und die Crew der *Spinnaker* nun an, noch mehr Fragen zu stellen. In all der Aufregung wurde mir schlagartig etwas bewusst: Anders als Henry war Käpt'n Trueblood nicht wieder erschienen. Gründlich musterte ich das Meer. Keine Luftblasen.

Henry beobachtete mich dabei, wie ich die Wellen anstarrte, und schüttelte den Kopf. »Ich glaube nicht, dass der Käpt'n noch zu uns stoßen wird, Dolf«, sagte er. »Ich glaube, er hat ein neues Zuhause gefunden – bei Davy Jones.«

Mir ging es nicht viel anders als den Leuten um mich herum, ich platzte fast vor Neugier, so viele Fragen lagen mir auf der Zunge – die wichtigste war, wie Henry den Sturz in den Ozean überlebt hatte und was um alles in der Welt das für ein Ding war, auf dem er zurückgekommen war. Als ich noch einmal über die Reling der Jacht nach unten blickte, meinte ich zu sehen, wie das merkwürdige Gefährt zum Meeresgrund hinabglitt. Außerdem glaubte ich, ein von langen goldgrünen Haaren eingerahmtes Gesicht zu erkennen, mit großen blauen Augen darin, die meinen Blick erwiderten. Doch bevor ich sicher sein konnte, war es weg.

In diesem Moment kam der Eiserne Jake zu uns und klopfte Henry auf den Rücken. »Nich schlecht, Jungens«, sagte er und fügte dann, an mich gewandt, grinsend hinzu: »Siehste, hab dir ja gleich gesagt, dass Meerjungfrauen kein Seemannsgarn sind!«

Ich musste eine Weile warten, bis ich Henrys Bericht zu hören bekam – darüber, was passiert war, nachdem er über Bord gegangen war. Ich ging davon aus, er würde nicht wollen, dass jeder lauschte, also wartete ich mit meinen Fragen, bis wir allein waren. Die ehemaligen Gefangenen brauchten lange, bis sie sich beruhigt hatten, und die Mannschaft der *Spinnaker* schien ratlos, was sie ohne ihren Kapitän machen sollte. Schließlich übernahm der Erste Maat, Thomas, stellvertretend den Posten – es stellte sich heraus, dass er ein ganz anständiger Kerl war, der noch nie sonderlich glücklich über die Machenschaften seines Bosses gewesen war. Er gab der Crew Befehl, den Neuankömmlingen ein bequemes Nachtlager herzurichten, und die *Spinnaker* nahm neuen Kurs.

Henry und ich fanden ein ruhiges Eckchen in einem der protzigen Zimmer.

»Also, was ist passiert?«, wollte ich wissen.

Henry sah mich an, ernst und nachdenklich. »Um ehrlich zu sein, habe ich es selbst noch nicht ganz begriffen, aber so viel weiß ich: Sobald wir das Wasser berührten, fing Blackbeard an, sich aufzulösen, genau, wie wir es uns gedacht hatten.«

Ich nickte. »Dasselbe ist mit dem Rest der Crew und mit dem Schiff passiert – einfach verpufft.«

Ich sah Henry an, dass er mich gerne um einen detailreichen Bericht gebeten hätte, doch als er den gespannten Ausdruck auf meinem Gesicht sah, fuhr er stattdessen mit seiner Geschichte fort.

»Nun hatte Trueblood das Schwert. Nicht, dass es ihm viel gebracht hätte, während er natürlich immer tiefer im Meer versank. Es schien mir sogar so, als würde das Schwert selbst ihn nach unten ziehen, aber er war vor Gier so krank, dass er nicht losließ. Und ich wurde mit hinabgezogen, weil ich mich an Trueblood verhakt hatte. Ich versuchte, mich loszureißen, aber es hatte keinen Sinn.«

Henry machte eine Pause.

»Äh … nun ja, um bei der Wahrheit zu bleiben, Dolf, was dann geschah, kann ich nicht mit Sicherheit sagen. Ich könnte erzählen, dass ich plötzlich unter Wasser atmen konnte und dass … jemand … kam, um mich aufzulesen … Aber dann wird alles etwas verschwommen.«

Wenn man Henry Hunter so gut kennt wie ich, dann weiß man, dass er nie ungenau ist. Wirklich *nie*.

»Versteh ich dich richtig?«, sagte ich und bemühte mich, nicht zu zweifelnd dreinzuschauen. »Du bist auf den Meeresgrund gesunken und hast gemerkt, dass du unter Wasser atmen kannst, und dann kam *jemand* an und … und was genau?«

»Na ja, wenn du mir glauben möchtest, ich wurde von … einer Art Meermenschen abgeholt. Sie schienen schon auf mich zu warten. Und auf Trueblood. Er wirkte verstört und war ganz blass. Sie führten ihn ab, aber mich setzten sie in diese Kutsche und schickten mich zurück an die Oberfläche«, beendete Henry seine Schilderungen.

Ich starrte ihn an und fragte mich, ob ihn vielleicht der Schock seinen Verstand gekostet hatte.

Henry zuckte nur mit den Schultern und schenkte mir sein breitestes Grinsen. »Wie ich immer sage, Dolf«, er schob sich das Haar aus der Stirn, »man kann nicht behaupten, dass etwas nicht existiert oder nicht geschehen ist, bevor man sich mit eigenen Augen überzeugt hat.«

Ich dachte an das Gesicht, das ich im Wasser erspäht hatte, und schüttelte den Kopf. Nichts von dem, was Henry erzählte, ergab Sinn – es sei denn, man glaubte an Meermenschen und Meerjungfrauen und den ganzen Kram. Aber manchmal sind die Dinge tatsächlich so und nicht anders, vor allem, wenn man mit Henry Hunter unterwegs ist.

Ich weiß noch immer nicht genau, was ich glauben soll. An diesem Tag zeigte Henry mir ein Stück eines gebogenen Knochens. Vom Stoßzahn eines Narwals, sagte er. Ich habe es untersucht und die ungeheuer aufwendigen Bilder auf der Oberfläche bewundert.

»Man nennt es Beinschnitzerei, Dolf. Alte Matrosen haben sich früher damit die Zeit vertrieben, so etwas hier zu schnitzen, wenn sie nichts Besseres zu tun hatten. Ich habe es vom Meeresgrund aufgelesen.«

Ich habe den Zahn hier bei mir. Er ist ziemlich mitgenommen, aber die Bilder scheinen eine Art Stadt zu zeigen, die eindeutig unter dem Meer sein soll. Auch ein paar merkwürdige Leute kommen darin vor, Leute mit langem, wehendem Haar und schwimmflossenartigen Beinen, die zu schwimmen scheinen. Aber ich weiß nicht genau, ob ich diese Gestalten wirklich richtig deute. Fragt mich nicht, was es zu bedeuten hat, oder ob Henry tatsächlich ein Volk von Meermenschen besucht hat – und fragt mich vor allem nicht, ob ich eine Meerjungfrau gesehen habe. Ich kann es euch nicht sagen.

Später haben wir die ganze Sache kurz mit dem Eisernen Jake besprochen. Als er von Henry erfuhr, was er unter Wasser erlebt

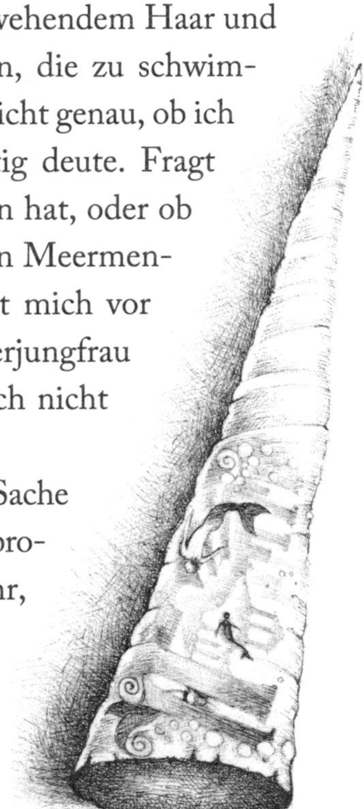

haben wollte, warf er uns beiden einen komischen Blick zu. »Na, ist doch 'ne klare Sache. Das Meeresvolk hat dich geholt. Die da unten kennen sich aus. Wissen Bescheid über die verfluchten Piraten und ihre Kumpanen, und auf dich haben sie auch schon gewartet. Was Käpt'n Teach angeht – hol mich der Klabautermann, wenn er Davy Jones nich längst die Zeit vertreibt! Was den miesen alten Trueblood betrifft … Wer weiß, wer weiß …? Aber bestimmt sehn wir ihn nich wieder. Den wären wir los, würd ich sagen!«

Als wir zurück im Hafen waren, dauerte es, alles zu erklären. Natürlich mussten wir die Behörden einschalten, die sich allerdings wenig beeindruckt zeigten von unseren Geschichten über Piratenflüche und Geisterschiffe. Sie waren einzig und allein daran interessiert, dass Käpt'n Trueblood gegen jede Menge Gesetze verstoßen hatte, indem er Menschen entführt und gezwungen hatte, *ihm* bei seiner Schatzsuche zu helfen – schnell wurde deutlich, dass das die einzige Version der Ereignisse war, die sie glauben würden. Aber nachdem Nathan Trueblood spurlos verschwunden war, gab es niemanden, den man hätte verhaften können. Wenigstens konnten all die befreiten Gefangenen endlich nach Hause. Und genau das war schließlich auch unser Ziel gewesen: Charlies Eltern zu finden und nach Hause zu bringen.

Die Crew der *Spinnaker* kam mit Geldstrafen davon, weil es keine schlüssigen Beweise gab, dass einer von ihnen den Gefangenen je körperlichen Schaden zugefügt hatte, außerdem hatten sie nur die Befehle ihres Kapitäns befolgt. Die *Spinnaker* wurde gepfändet und anschließend verkauft, um mit dem Erlös einen Teil des Schmerzensgelds an die Entführungsopfer zu zahlen. Die meisten von ihnen schienen schnell zu vergessen, was wirklich passiert war. Nicht zuletzt dank einiger Nachhilfe durch den Eisernen Jake waren sie davon überzeugt, dass moderne Piraten sie gekidnappt hatten. Wahrscheinlich war es so am besten.

Zurück in Bridgetown erwartete uns eine letzte Überraschung, und diesmal war es eine erfreuliche. Dort am Kai stand eine große Gestalt mit einem Kopfverband. Es war Joe.

Wir konnten es nicht fassen – am wenigsten Jake. Er klopfte dem Riesen auf den Rücken, bis ich schon dachte, Joe würde gleich noch einmal ins Wasser fallen. Wir erfuhren, dass die *Moby Dick* den Zusammenstoß mit der Monsterwelle überstanden hatte und sogar bereits im Trockendock darauf wartete, repariert zu werden. Joe war es gelungen, sich an einem Tau festzuhalten, als der alte Schlepper beinahe gekentert war. Und obwohl er dabei einiges abbekommen hatte (daher auch der Verband), war er zurück an Bord der *Moby* geklettert und hatte schon den größten Teil des Weges in den Heimathafen hinter sich gebracht, als er und die *Moby Dick* endlich von einem vorbeikommenden Kreuzfahrer aufgelesen und in Schlepp genommen worden waren.

Welche Neuigkeit den Eisernen Jake mehr freute, konnte man schlecht sagen – dass sein alter Freund überlebt oder aber dass sein Schiff es überstanden hatte. Jedenfalls konnte er nicht aufhören, jeden anzustrahlen. Als Henry ihm versprach, dass er für die Reparaturen an der *Moby Dick* aufkommen würde,

wurde Jakes Lächeln sogar noch breiter. »Schließlich haben Sie am Ende doch nichts von dem Schatz erhalten, daher ist es das Mindeste, was wir tun können«, sagte Henry.

Der alte Seebär schien ehrlich traurig, uns am Ende zu verabschieden, auch wenn er etwas von »endlich etwas Ruhe und Frieden auf meine alten Tage« murmelte. Dann zwinkerte er uns mit seinem guten Auge zu und meinte: »Aber falls ihr jemals wieder in die Gegend hier kommt, vergesst nich, bei mir vorbeizuschaun!«

Nachdem wir wohlbehalten zurück im Hotel waren, fanden wir heraus, dass Charlie Stevens nach Barbados geflogen war, um seine Eltern endlich wiederzutreffen. Sobald er die Nachricht erhalten hatte, dass sie am Leben und gesund waren, hockte er quasi schon im Flieger. Ich wette, Cousin Jack kam sich zu Hause in England ziemlich blöd vor, weil er die Suche so schnell aufgegeben hatte. Ich glaube ja, er hatte es nur gut gemeint, weil er nicht wollte, dass Charlie sich falsche Hoffnungen machte. Natürlich war Charlie total aus dem Häuschen, seine Eltern

wiederzuhaben, und konnte gar nicht aufhören, sich bei uns zu bedanken.

Bevor wir alle unserer verschiedenen Wege gingen, nahm Mr Stevens uns zur Seite.

»Jungs, ich kann euch gar nicht oft genug danken«, meinte er. »Die letzten sechs Monate waren reichlich traumatisch – aber wenigstens weiß ich endlich, wie es sich anfühlt, einen Piratenschatz zu finden.« Als er uns die Hand schüttelte, funkelten seine Augen verschmitzt – fand ich zumindest.

Und damit wäre bewiesen: Nicht *jeder* vergaß, was wirklich passiert war.

Mehr gibt es über das Abenteuer mit den verfluchten Piraten eigentlich nicht zu berichten. Abgesehen von einer Sache, die ich noch nicht erwähnt habe. Ihr wisst vielleicht schon, dass HH verschollen ist. Seitdem er an einem vollkommen normalen Morgen im Mai verschwand, hat ihn keiner mehr gesehen. Keine Nachricht. Keine Spur, wohin er gegangen sein könnte. Seine Eltern haben eine groß angelegte, internationale Suche organisiert, doch rein gar nichts kam dabei raus. Dabei mache ich mir ehrlich Sorgen.

So richtig Sorgen. Anscheinend hat jeder aufgegeben, nach ihm zu suchen – abgesehen von mir. Er muss irgendwo da draußen sein – vielleicht wurde er gekidnappt, ohne dass jemand Lösegeld für ihn will. Jedenfalls werde ich ihn nicht aufgeben, genauso wenig wie er damals Charlies Eltern aufgegeben hat!

Auf dem Schreibtisch vor mir liegt das mit Schnitzereien verzierte Stück Narwal-Stoßzahn, das Henry aus den Tiefen mitgebracht hat. Immer wieder grüble ich darüber nach, ob es mir etwas darüber verraten könnte, wo mein Freund sich gerade aufhält. Sind euch in dieser Geschichte irgendwelche Hinweise aufgefallen? Falls ja, gebt mir bitte Bescheid, denn ich werde nicht aufhören, nachzuforschen, bis ich weiß, was mit HH passiert ist. Ich werde die Henry-Hunter-Fälle durchstöbern, bis ich ihn wiederhabe – irgendwo in den Aufzeichnungen über unsere Abenteuer müssen Spuren versteckt sein …

Hinweise des Autors & Danksagung

Mit jedem Buch scheint der Stapel an Danksagungen an all diejenigen, die mir geholfen und die mich unterstützt haben, zu wachsen. Diese Geschichte aus den Henry-Hunter-Fällen ist da keine Ausnahme. Ein Riesendankeschön geht, wie immer, an meine drei treusten Leser: meine Frau Caitlin, die immer wieder sagt: »Erzähl mir mehr« und eine geniale Titeländerung vorschlug; unseren Sohn Emrys, der mir Ratschläge erteilt hat, wie Zwölfjährige so miteinander reden; und Ari Berk, der mit Freude den ersten Entwurf gelesen und mir gesagt hat, dass er in die richtige Richtung geht.

Danke auch an Dwina Murphy-Gibb, die mich Teile des Prebendal House für Charlie Stevens Zuhause hat klauen lassen (von den Hunden ganz zu schweigen); und an meinen alten Kumpel Mark Ryan, dessen piratische Heldentaten in der Fernsehshow *Black Sails* bereits legendär sind. Nicht vergessen darf ich Amanda Wood von Templar, die mir die Chance gegeben hat, beim Schreiben der Henry-Hunter-Bücher so viele Spleens auszuleben – ein riesiges Danke! Danke auch meinen Lektorinnen, Emma Goldhawk und Tilda Johnson; nicht zu vergessen die großartige Catherine Coe, die mich als fabelhafte Korrektorin auf Kurs gehalten hat und einige entscheidende Änderungen vorschlug. Schließlich, und nicht zum ersten Mal, will ich meiner Inspiration, den *Fluch der Karibik*-Filmen huldigen. Ein Besuch am Set von *Fremde Gezeiten* hat mir an einem Punkt, an dem ich es bitter nötig hatte, neue Impulse gegeben. Danke an alle – vor allem an Mike Stenson – für einen tollen Tag.

Ich hatte Spaß dabei, die Teile der Karibik wiederzuerschaffen, in denen der Hauptteil der Geschichte spielt, obwohl ich teilweise Schindluder mit den

Orten getrieben habe, damit es passt. Es gibt tatsächlich ein Museum für Piraterie, ganz ähnlich wie das oben beschriebene, allerdings steht es im malerischen Nassau, nicht auf Barbados. Soweit ich weiß, treiben sich dort keine verdächtigen Leute herum (obwohl man nie wissen kann), und es gibt keinen Keller voller Skelette. Falls ihr einmal die Gelegenheit bekommt, es zu besuchen, dann tut es – es lohnt sich. Ansonsten entsprechen alle Fakten, die Henry uns im Buch mitteilt, den Tatsachen. Blackbeard hat es natürlich wirklich gegeben, und er war genau so gemein, wie ich ihn geschildert habe. Das letzte Schiff, das er befehligte, hieß jedoch nicht *Schicksals Wurd*, sondern *Queen Anne's Revenge*. Und was mit seinem Schatz geschehen ist … das ist eine andere Geschichte.

John Matthews, Oxford 2014